# L'ESPRIT

## DE

# L'ESCRIME,

*Poème Didactique;*

## PAR J. LAFAUGÈRE,

AUTEUR D'UN TRAITÉ

## DE L'ART DE FAIRE DES ARMES.

## Seconde édition.

## PARIS,

GARNIER, LIBRAIRE-ÉDITEUR, 535,

RUE S.-HONORÉ, PRÈS CELLE DU 29 JUILLET.

## LYON,

CHEZ L'AUTEUR, PLACE DES TERREAUX.

## 1841.

# L'ESPRIT

## DE

# L'ESCRIME.

Les formalités voulues par la loi ayant été remplies, tout exemplaire non revêtu de la griffe de l'éditeur sera réputé contrefait.

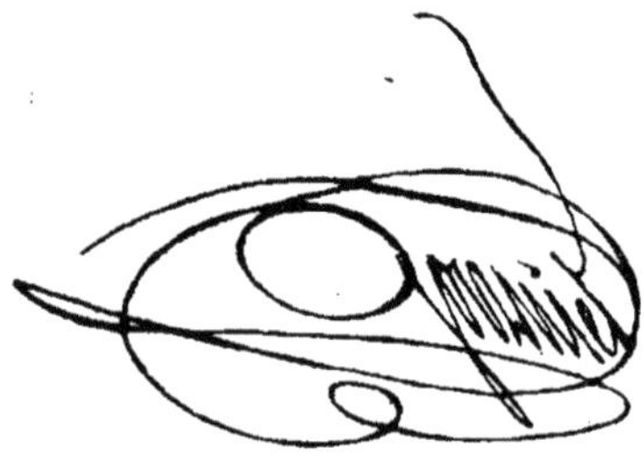

VERSAILLES,

Imprimerie de KLEFER, Place d'Armes, 17, maison des Gondoles.

L.J. LAFAUGÈRE.

# L'ESPRIT

## DE

# L'ESCRIME,

Poëme Didactique;

## PAR J. LAFAUGÈRE,

AUTEUR D'UN TRAITÉ

## DE L'ART DE FAIRE DES ARMES.

## Seconde édition.

## PARIS,

GARNIER, LIBRAIRE-ÉDITEUR, 355,
RUE S.-HONORÉ, PRÈS CELLE DU 29 JUILLET.

## LYON,

CHEZ L'AUTEUR, PLACE DES TERREAUX.

## 1841.

# CONSIDÉRATIONS

## PRÉLIMINAIRES.

A une époque où retentissent, de toutes parts, en
France, les mots *besoin, progrès, amélioration*, ne dirait-
on pas que l'éducation de l'homme ait rompu toutes les
entraves de la routine, que toutes les branches en sont
comprises, et qu'aucun moyen de la rendre complète
n'est négligé? Cependant les vœux du philantrope sont
loin d'être satisfaits à cet égard. Il est presque superflu
de dire que mon dessein n'est point de traiter, dans
l'espace étroit d'une préface, le vaste sujet qui a occupé
les économistes anciens et modernes ; mais il est un côté
de l'éducation virile, qui, jusqu'à ce jour, n'a guère
été compris, un côté qui se lie également au physique
et au moral des individus, et dont l'importance, pour
être appréciée, demande moins à être décrite qu'ap-
puyée de l'expression d'une conviction produite par
l'expérience, dans un homme voué par état aux plus
difficiles circonstances de la vie.

Cette partie de l'éducation, à laquelle on n'a encore
accordé qu'un crédit imparfait, c'est l'Escrime. Rassu-

rez-vous, philosophes de la bourse! ainsi que vous, politiques de comptoirs! et vous surtout, Lycurgues de
salons! nous ne voulons point troubler la dédaigneuse
sérénité de vos âmes fiscales, ni la satisfaction inces-
sante de vos profits commerciaux, ni les rêves si doux
de votre vanité, changeant prudemment les terreurs
des thersites en efforts généreux d'athlètes civilisa-
teurs! Nous aimons non moins sincèrement que vous
les perfectionnements sociaux, le respect dû aux personnes, la force unie au bon droit, la dignité de l'espèce
dans chaque homme, et par-dessus toutes choses, l'honneur national dans les actions privées plus que dans les
discours de chaque citoyen. Par conséquent, nous voulons qu'après l'art qui enseigne à l'homme adolescent à
distinguer et coordonner ses pensées, puis à les expri-
mer de manière à renverser l'insidieux échafaudage
d'un rhéteur de mauvaise foi, il y ait aussi un art qui
lui enseigne à envisager avec calme et fermeté les
hommes auxquels il s'adresse; qui affranchisse son
esprit de toute intimidation, et lui donne l'habitude des
combinaisons rapides et des résolutions promptes, un
art qui achève ce que les études purement intellectuelles
ont commencé, c'est-à-dire qui développe *toutes* ses facultés, lui apprenne *toutes* ses ressources dans *toutes
sortes de dangers ou d'entreprises;* qui lui donne l'énergie
et la noblesse du caractère, le courage et non la pusil-
lanimité de la modération, le mérite et non le subterfuge
de la prudence, toute la puissance de la générosité, en

un mot, un art qui en fasse un *homme* au lieu d'un *dandy*, d'un *fashionable*, un citoyen au lieu d'un embryon social.

L'Escrime conduit là : car l'Escrime est la science de l'adresse et du courage. L'homme, en quelque situation qu'il soit placé, se trouve en présence d'un danger ou caché ou apparent; danger pour sa conservation matérielle, danger pour son amour-propre, danger pour ses intérêts de toute nature; l'énumération serait superflue. Or, tout se lie dans le monde physique ou moral : le courage, le calme, la présence d'esprit, le prompt recueillement de ses facultés sont les seules ressources dans les mêmes circonstances, soit pour éluder le danger, soit pour le surmonter; et le courage, sous quelque distinction qu'on se plaise à le considérer, civil, militaire, philosophique, le courage, disons-nous, n'est toujours que le résultat des acquisitions intellectuelles. Des deux plus sensibles effets de l'instinct de conservation, l'un est irréfléchi, c'est la peur; l'autre est raisonné, c'est le courage. Point de courage sans expérience; on supplée à l'expérience par les connaissances et l'étude, et le stoïcisme est le fruit de la plus sérieuse et constante application de l'esprit humain aux choses de la vie. Toutes les sciences ont une utilité directe pour l'homme; mais il en est une plus éloignée, mais non moins évidente, qui est de concourir à épurer son jugement et à fortifier sa raison. La raison dans tout son éclat, c'est la force qui résiste aux surprises, c'est la

fermeté qui demeure impassible devant le danger, c'est
le courage qui détruit tous les obstacles.

Voilà pourquoi la meilleure éducation est celle qui
embrasse le plus de moyens de développements pour les
facultés de tous genres de l'individu. Nul doute que
celles dont le développement absorbe plus de temps ne
doivent être mises au premier rang, dans la série des
études qui ont pour objet de les satisfaire toutes. Mais
notre système d'éducation publique fait une part trop
faible au développement des facultés corporelles, dont
l'affinité avec tous les autres éléments de notre organisation, intéresse nécessairement nos efforts d'agrandis-
sement humain. Avant de penser, l'homme agit, ou du
moins le perfectionnement de ses mouvements physi-
ques réclame la priorité sur les opérations de son esprit.
Toute éducation qui néglige, soit le physique, soit le
moral, est également vicieuse. L'astronome qui se laisse
choir est ridicule; l'académicien qui s'éclabousse en
sautant un ruisseau, ne l'est pas moins; et le sénateur
qui, au milieu des déchirements de sa patrie, crie *aux
armes!* et n'a d'autre activité pour encourager la défense publique, que le jarret de ses chevaux et la légèreté du char qui porte son indolence accoutumée, est
une plate risée. Partout l'homme emmailloté dans sa
maladresse est le plus ridicule des êtres. Nous aimons
le Camoëns sauvant son poëme à la nage; nous admi-
rons Alexandre dans la ville des Oxidraques, et notre
enthousiasme est au comble devant les noms des Thé-

mistocle, des Périclès, des César, qui, tous, étaient orateurs, politiques et guerriers.

La civilisation sera illusoire tant qu'elle abâtardira l'espèce humaine, tant qu'elle fera des hommes, des porteurs de beaux bijoux et de charmantes étoffes dans lesquelles ils ne peuvent se mouvoir librement, tant qu'elle créera, chez eux, plus de besoins qu'elle n'en satisfera, et qu'elle éteindra, dans chacun d'eux, les ressources individuelles; enfin, tant qu'au lieu d'hommes forts, agiles et courageux, elle mettra dans la cité des *frondeurs en lunettes* ou des *philantropes efféminés*. Il faut conserver quelque chose des mœurs austères. La véritable civilisation met à profit les vieilles découvertes avant d'y ajouter. Les exercices gymnastiques tendent au bien et à l'honneur de l'humanité, en ce qu'ils rendent habile aux bienfaits. En général, ils donnent à l'homme l'assurance du maintien et du regard, la précision et la grâce des mouvements, le calme, la vigueur et l'aplomb dans toutes les circonstances de sa vie. En le mettant dans la plénitude de ses facultés viriles, ils lui assurent la considération de ses semblables; et si l'habitude de l'activité produit quelquefois en lui l'exhubérance des forces, il s'en fait un titre à leur reconnaissance, et elle tourne à l'avantage du malheur. Plus l'homme sait, mieux il vaut.

Mais celui de ces exercices qui a la prééminence sur tous les autres, celui qui les résume et les supplée tous en quelque sorte, c'est celui qui concerne le maniement de l'épée. Placée comme point de communication entre les arts mécaniques et les arts libéraux, l'Escrime exerce à leur manière sa double influence sur les deux parties constitutives de l'organisation de l'homme; elle répartit avec une scrupuleuse vigilance ses dons entre le physique et le moral; elle règle les mouvements du corps, dont elle accroît la vigueur, et tempère l'impétuosité du caractère, auquel elle assigne une sage énergie; partout elle proscrit la violence et bannit la mollesse; elle attache l'homme aux difficultés par le plaisir qu'elle procure à les vaincre; elle rend son esprit et son œil observateurs, et l'accoutume à juger promptement de la nécessité et de la nature des ressources, c'est-à-dire à approprier avec précision et justesse les moyens aux exigences des cas, c'est l'art de l'à-propos. La netteté des allures n'est pas sans liaison avec la franchise du caractère. La puissance que l'Escrime donne à l'homme sur lui-même, en lui enseignant à dompter son emportement, est une grande conquête dont la civilisation lui est redevable sur la barbarie. Elle est profondément grossière l'erreur de certains philosophes qui ont pu voir dans l'Escrime une source de tendance aux dispositions anti-sociales. L'habitude de dompter les émotions fortes rend l'âme moins accessible aux émotions de l'injure, et quand on sait se vaincre soi-même, on a sur l'imprudent qui offense une supériorité, un empire qui annulle tous les griefs, et qui même lui transmet parfois les nobles inspirations dont il reçoit l'exemple. Quand l'Escrime ne donnerait que le droit d'être généreux dans certaines occurrences, sans que cette générosité soit soupçonnée de débilité de cœur, elle aurait toujours celui d'être comptée comme le complément d'une éducation distinguée; mais elle a, en outre, comme tous les arts d'agrément, des titres à la reconnaissance des cœurs envahis par la douleur et la tristesse. Ceci paraîtra paradoxal à ceux qui ne l'ont pas convenablement étudiée; elle est cependant une puissante diversion aux affections fatigantes pour l'âme. Le dessin, la peinture laissent trop d'intervalles de réflexion à la souffrance qui s'y livre; la musique charme trop fortement et attaque trop fréquemment, par ses secrètes et inexplicables analogies, la plaie qu'elle devrait guérir; la danse console tout au plus d'un mauvais repas; mais l'Escrime fixe et préoccupe incessamment l'esprit devant les manœuvres de l'adversaire; elle rappelle l'homme à son austérité naturelle, fait taire la douleur et procure au corps une salutaire fatigue qui l'invite au repos.

On conçoit que, pour offrir tous les avantages que j'ai essayé de décrire, un art doit être infini : c'est ce qui n'a pas toujours été pensé de l'Escrime; son domaine, quoique transmis d'âge en âge, n'était pas encore, à une époque assez récente, éclairé dans toutes ses parties, de manière à dissiper tous les doutes sur cette question. Mais il était réservé à un génie spécial de déchirer le voile qui en dérobait les limites aux esprits les plus pénétrants, et de remplacer en cette matière les préjugés de la routine par les règles méthodiques de la science.

Le premier et peut-être le seul homme qui ait compris l'Escrime, c'est M. *Lafaugère;* c'est lui, en effet, qui a jeté l'Escrime dans la voie de l'art; car, avant lui, cet exercice ne roulait que sur des mouvements très-limités, à quelques-uns desquels encore on appliquait une régularité plutôt instinctive que déterminée. M. *Lafaugère* a pris l'Escrime pour ainsi dire à son origine, l'a élevée, grandie, et, ce qui étonne dans un seul artiste, il l'a portée au plus haut degré de développement et de perfection qu'elle pût atteindre.

A l'époque où cet homme extraordinaire vint prêter ses secours à cette branche de la gymnastique, l'Escrime ne possédait que quatre moyens d'attaque, vulgairement désignés sous le nom de *bottes.* C'étaient *le coup droit, le dégagement* et *la seconde.* Quelquefois on se risquait à exécuter une espèce de *coupé* qui ne se faisait que dans un sens (de quarte en tierce), et qu'une grande timidité accompagnait toujours, parce que son exécution vicieuse le rendait dangereux. *La seconde* elle-même n'était alors exécutable que dans l'engagement en *tierce.* Je ne dois point parler de *la flanconnade,* dont le nom indique assez que ce n'était qu'un coup toujours porté dans le même endroit, et dont la nature se refusait aux combinaisons de l'attaque. M. *Lafaugère* porta le nombre des bottes à six, et tira de ces ressources ainsi accrues les

savantes classifications et la prodigieuse variété des coups
dont il a donné l'analyse dans son *Traité élémentaire*. Il
ne se borna pas à accroître les ressources et à perfec-
tionner les moyens d'exécution mécanique, mais il de-
vina et indiqua toutes les combinaisons *possibles* de
mouvements d'épée, de sorte que l'art, tout infini qu'il
est, n'a rien d'impénétrable ni même de difficile pour
celui qui l'a débarrassé des voiles qui le couvraient.

Il n'était guère possible à un génie qui avait aussi
merveilleusement compris les ressources et les exigences
de l'art, de laisser incomplète une de ses parties. Aussi,
la même profondeur de conception que révèle le perfectionnement de l'*offensive*, par M. *Lafaugère*, se retrouve
dans *la défensive*; mais c'est surtout ici que la supériorité intellectuelle du grand maître brille de tout son
éclat; c'est dans *la défensive* qu'il déploie le don inoui
de la pénétration, du calme et de l'adresse qu'implique
sa définition de l'Escrime : *La science des mouvements de
l'homme pour l'exécution de ses projets hostiles.* Comme il
n'ignore aucun des moyens par lesquels l'*offensive* peut
parvenir à ses fins, il a, par cette même raison, un tact
exquis et une promptitude peut-être unique pour dis-
cerner toutes les allures qui traduisent ou dissimulent
les intentions de l'attaque, de même que l'action ou
l'inaction, soit du corps, soit de l'esprit. De cette distinction subite et sûre entre l'attaque réelle et la fausse
attaque, résulte pour lui l'avantage immense de n'être
jamais ébranlé par les mouvements préparatoires de

l'adversaire et d'avoir toujours un moyen prêt pour déjouer l'attaque véritable, qui n'est autre chose que le
coup final ; moyen que, du reste, il emploie avec une
facilité, une délicatesse et une précision qu'aucune expression ne peut rendre, qu'il n'est donné qu'à bien peu
d'hommes d'atteindre et à aucun de dépasser.

Aussi, les développements analytiques n'ont pas plus
manqué, dans les conceptions de ce grand maître, à
cette seconde partie de l'Escrime, qu'à la première. L'art
s'est ici étendu, sous les inspirations prodigieuses de
l'inventeur, comme il s'était étendu relativement à l'offensive. Les moyens les plus connus de la défensive, qui
étaient les parades *par le froissement*, furent épurés, et
retinrent de sa main régulatrice, non la brutalité vers
laquelle ils ont une trop facile tendance, mais la sévérité, qui leur donne le caractère de *parades principales*.
Des variétés furent introduites à titre de *perfectionnement*
et de *simplification*, et fixèrent des modes distincts, tels
que les parades par *battement* et *d'opposition*, qui, avec
leurs dérivés, accrurent considérablement les ressources
de la défensive. Enfin, par un de ces raffinements que
la nécessité révèle, mais qu'il n'appartient qu'aux intelligences supérieures d'introduire dans les arts, M. *Lafaugère* grandit le rôle de la défensive, en la rendant
compagne fidèle et inséparable de l'offensive ; il n'admit
l'intervalle qui les sépare |que dans l'étude, et voulut
que, dans l'action, elles fussent tellement combinées,
que l'offense ne s'aventurât jamais sans le patronage,

pour ainsi dire, de la parade. De là le grand principe de
*l'élévation et l'opposition,* qu'il recommande par-dessus
toutes choses ; de là aussi les bottes liées à la parade,
dont il a étudié tous les cas possibles, et dont, entre mille
autres richesses, l'Escrime lui est redevable comme au
maître le plus étonnant qui ait existé.

Puisque je me trouve conduit, par la nature de mon
sujet, à parler de cet homme célèbre, il convient de le
présenter à l'opinion sous tous les traits qui lui sont pro-
pres. Nul n'a comme lui étudié l'action de l'esprit sur
les mouvements du corps ; nul n'a su, comme lui, accom-
pagner la pensée dans ses mystères à l'occasion des projets que le moral fait exécuter au physique. Quand on
avance qu'il n'est pas un muscle dont il n'ait observé
et déterminé la position dans chaque mouvement de
l'homme, et pas un mouvement dont il n'ait à l'instant
distingué la tendance, soit menaçante, soit attaquante,
on doit, à coup sûr, paraître exagéré, en racontant des
faits qui tiennent du prodige. Telles sont cependant les
causes qui lui ont donné son immense supériorité sur
tous les hommes adroits qui ont professé cette partie de
la gymnastique, et qui peuplaient nos armées sous l'empire. Sans des moyens aussi extraordinaires et qui pa-
raissent surnaturels, il serait impossible d'expliquer
cette réputation colossale, que des succès faciles, innom-
brables et jamais balancés, lui ont assurée parmi ses
contemporains et dans les siècles à venir. Qu'on ne me
taxe point d'enthousiasme ; je ne suis que juste envers

ce génie admirable. Ce que les philosophes anciens, Aristote, Aristoxène, Sénèque, et parmi les modernes, Gluck, Mozard, Grétry, Méhul et autres grandes célébrités musicales, ont fait en faveur des arts qui influent si puissamment sur les émotions de l'âme, M. *Lafaugère* l'a fait en faveur de celui qui règle et perfectionne les mouvements humains dans leur application aux entreprises du courage et dans leur union avec la grâce, la noblesse et la dignité du caractère. On peut, en effet, regarder sans méprise son école comme celle du courage militaire et civil. Il est à remarquer qu'il a excellé autant dans la partie technique que dans la partie théorique de l'art; aussi personne ne s'est montré jusqu'à ce jour, capable de faire sentir comme lui le lien qui existe entre le moral et le physique, et les ressorts cachés par lesquels la nature et l'art se prêtent une mutuelle assistance. Cet homme inconcevable sait, par son exemple et ses leçons, communiquer à ses élèves le don si rare du calme le plus profond, uni à la plus impétueuse vivacité. Bien certainement, chez les peuples des temps reculés, où tous les moyens de développement qui se rattachent aux facultés organiques de la jeunesse, étaient incontestablement plus en honneur que chez nous, cet artiste philosophe aurait eu, comme les Orphée et les Linus, des poètes qui auraient trouvé du charme à consacrer sa mémoire, et l'emploi le plus digne de lui eût été de présider au développement de la jeunesse d'Achille ou d'Alexandre.

Un homme qui savait juger tous les genres de mérite, parce qu'il savait en tout penser et agir en empe-
reur, Napoléon, ne manqua point à l'appréciation due
à ce grand maître, et M. *Lafaugère* fut compris dans la
liste des professeurs qui devaient diriger l'enfance du
jeune prince qui semblait alors réservé à devenir le dé-
positaire de toutes les gloires impériales. Plus tard,
quand la fortune essaya de nouveaux destins sur la
France, il était tout simple que l'illustre professeur fût
appelé à la même charge auprès du jeune héritier de la
monarchie déchue. M. *Lafaugère* venait d'être nommé
professeur du duc de Bordeaux, lorsque la révolution
de 1830 éclata. Assez d'hommages ont sanctionné le mérite de cet homme extraordinaire, pour que son renom
n'embrasse pas toutes les séductions de l'amour-propre.
Mais les amis les plus ardents du pays, c'est-à-dire les
hommes appartenant à la profession militaire, doivent
déplorer que tous les gouvernements qui se sont suc-
cédé depuis le consulat, aient commis la grave omission
d'épurer notre système d'Escrime à cheval, qui est pi-
toyable, aux lumières de ce météore, que les années auront trop tôt éteint.

Des Zoïles, dont l'immense infériorité cherche des
consolations dans les visions de l'amour-propre, ont
tantôt prétendu que M. *Lafaugère*, remarquable par la
pureté, la précision et l'adresse de ses mouvements dans
l'attaque comme dans la défense, devait uniquement ses
succès à une habileté extraordinaire, *purement physique;*

2

I

mais qu'il ignorait cette théorie de l'art, qu'ils invo-
quent sans cesse sans se douter de ce qui la constitue et
qui est la condition préalable du talent de communication : d'autres fois ils ont essayé de déprimer cette même
supériorité, tout en affectant de la bonne foi à lui accor-
der cette connaissance merveilleuse de tous les secrets
de la science, à laquelle seulement ils ont voulu ratta-
cher sa réputation. Mais ces allégations contradictoires,
qui manquaient souvent de sincérité et toujours de justesse, se sont détruites les unes par les autres, autour
de l'immuable célébrité du grand artiste. D'obscures dé-
tractions avaient été étouffées sous le poids des palmes
que son exécution à la fois brillante et sévère lui avait
values aux armées d'Italie et d'Espagne, et en présence
de toutes les illustrations militaires de l'empire et de la
restauration. Il dissipa les doutes que l'envie aux abois
tentait de glisser dans l'esprit public sur ses connaissances théoriques, en consignant, dans un *Traité* émi-
nemment utile pour la science, l'extension qu'il avait
donnée à l'Escrime, et que ses différents élèves ont
répandue plus ou moins complètement. Cette œuvre,
empreinte de génie, fixe d'une manière invariable les
principes si fugitifs d'un art qui semble ne pouvoir se
transmettre que par la tradition oculaire et manuelle.
Pour les mettre à la portée du plus grand nombre des
intelligences, l'auteur s'y est moins attaché aux raisonnements qu'aux certitudes théoriques. C'est un résumé
d'observations déduites de la plus habile expérience, un

corps de doctrine élémentaire, où rien n'a été avancé
qui n'ait été épuré au creuset de l'analyse, et où toutes
les ressources matérielles de l'art sont indiquées avec
une prévision qui interdit toute possibilité d'addition
aux articles à venir. De telle sorte que ce livre demeu-
rera comme une autorité incontestable, comme un mo-
nument impérissable de savoir et de clarté.

Jusque-là l'Escrime, ainsi que nous venons de le dire,
n'avait été traitée que dans ses rapports avec les mouvements corporels. Ce n'était que la partie mécanique de
l'art ; mais la partie libérale, le côté intellectuel de l'Escrime, la méthode qui doit nous guider dans le choix
et l'application des moyens, n'avait été qu'effleurée et à
dessein : l'auteur comprenait trop bien que ceci ne con-
cernait qu'une petite classe d'adeptes. Et 'd'ailleurs,
avouons-le, M. *Lafaugère* avait bien le droit de ne pas
nous révéler sitôt la cause secrète de ses succès. Il avait
été souvent pressé par les sollicitations d'élèves, dont il
s'était fait des amis et d'honorables amis, de couronner
son œuvre et sa carrière par un triomphe nouveau. Lui-
même ne perdait pas de vue ce que l'Escrime attendait
encore de ses soins. Enfin, de sa retraite où, philosophe
spirituel, il se livre avec un charme tardif, mais non
infructueux, aux inspirations de l'étude, il lègue à cette
classe particulière, dont je viens de parler, le bienfait
des confidences tant réclamées. C'est aux hommes ins-
truits, aux gens du monde, aux officiers de l'armée, à
cette jeunesse des écoles, dont l'avidité studieuse pé-

nètre dans tous les domaines des sciences et des arts, qu'il donne son secret sous la forme récréative, pour lui comme pour le lecteur, de la poésie didactique.

Si je n'étais pas celui que, conformément au précepte de Boileau, il a modestement établi juge de son entreprise littéraire, je dirais hautement mon opinion sur le mérite de cette œuvre; mais ce n'est point comme critique que je me présente ici. Je n'ai écrit ces lignes, encore ignorées de M. *Lafaugère*, à l'instant où elles sont livrées à la publicité, que pour saisir l'occasion, tout en exprimant ma conviction sur l'utilité de l'Escrime, de témoigner à ce phénoménal professeur mon estime et ma reconnaissance particulière. C'est au public de voir si l'auteur devait se proposer autre chose qu'un ouvrage technique, de décider si les difficultés de cette aride matière ont été surmontées, sans que la sévère harmonie des vers en soit troublée, en un mot de prononcer une fois de plus sur la supériorité du talent spécial de M. *Lafaugère*. J'ai dit plus haut les motifs qui rendent cette appréciation difficile; mais les personnes versées dans l'étude si rare et si incomplète de l'Escrime reconnaîtront, sans hésiter, qu'au moyen de ces deux ouvrages dus à la même source, nous pouvons attendre, sans impatience, un traité plus parfait sur la matière.

Jeunesse française, si animée de l'amour du beau, si palpitante de générosité et si digne de l'affection de ceux que vous venez remplacer dans le pays! les rapides années feront bientôt retentir à vos souvenirs le nom cé-

lèbre du grand artiste que la tombe aura appelé. Peut-
être regretterez-vous alors de ne l'avoir pas connu per-
sonnellement, vu, apprécié par vous-même, et certes
ce regret sera mérité. Hâtez-vous d'aller puiser à cette
source rare, avant qu'elle soit tarie, des leçons de haute
prudence que vos fils aimeront à tenir d'une école si
riche de pureté. Cet honneur-là vous appartient!

**ALFRED DE TOURGON-MONBAR,**

Capitaine.

# A MONSIEUR LE DUC

## De Rohan, Prince de Léon,

### MARÉCHAL DE CAMP,

#### COMMANDEUR DE LA LÉGION-D'HONNEUR, ETC.

## Monsieur le Duc,

L'utile et généreux appui que vous avez toujours accordé aux Arts, et, en particulier, à l'Escrime, m'enhardit à placer cet ouvrage sous la protection de votre nom. Je saisis, en vous l'offrant, l'occasion précieuse pour moi de vous témoigner combien je suis reconnaissant de l'intérêt dont vous m'avez donné si souvent des marques honorables. Heureux les artistes qui, dans leur carrière aride et pénible, reçoivent de tels encouragements !

Puissent les observations dont se compose cet opus-
cule, sur l'Esprit de l'Escrime, obtenir votre suffrage,
j'aurai, sous tous les rapports, atteint le but que je
me suis proposé.

Agréez, Monsieur le Duc, l'expression des sen-
timents de respect et de reconnaissance avec lesquels je
suis,

Votre très-humble et très-obéissant

serviteur,

JUSTIN **LAFAUGÈRE.**

# AVERTISSEMENT.

Je dois quelques explications sur le fond même
de cet ouvrage et sur la forme que je lui ai donnée.

Il existe plusieurs traités sur l'Escrime; mais si
l'élève, dans la lecture de ces différents traités,
veut puiser des principes écrits sur les difficultés
que présente l'assaut et sur les moyens d'attaque
et de défense qu'il doit employer dans cette foule
de circonstances critiques où l'adresse de son adversaire peut le placer, il trouvera peu de secours
dans les ouvrages publiés jusqu'ici, parce que leurs
auteurs n'ont fait tout au plus qu'énumérer les
coups et les parades en indiquant la manière de
les exécuter, et n'ont donné sur le reste que quelques principes généraux, mais insuffisants. Moi-
même, dans le traité que j'ai livré au public, il
y a quelques années, j'ai dû me borner à la partie
purement élémentaire, tout en y réunissant les
observations qui étaient le fruit de mon expérience et d'une recherche attentive de tout ce qui
était utile et possible. J'ai donc voulu aujourd'hui
remplir une lacune qui existe partout, et qui devait former l'objet d'un ouvrage spécial sur cette
partie de l'art. Celui-ci, sans écarter absolument
des notions fondamentales de l'Escrime, est surtout

destiné à diriger les amateurs au milieu des difficultés de l'assaut.

Quoique fort étranger, par ma profession, aux études littéraires, je me suis servi de la versification pour écrire cet ouvrage. Il m'a semblé que, si les réflexions qu'il renferme peuvent être agréables à l'élève, lorsque, le fleuret à la main, il les recueille de la bouche même du maître, elles auraient, étant écrites en prose, une certaine sécheresse, une certaine froideur que j'ai voulu combattre en leur donnant une autre forme. La rime, comme on le sait d'ailleurs, grave mieux le précepte dans la mémoire.

Voilà toute ma prétention. Que le lecteur excuse donc les fautes qu'il pourra facilement découvrir; qu'il ne s'offense pas du défaut de grâce et d'élégance, ni des répétitions indispensables d'une foule de mots techniques, dont la poésie ne s'arrange guère, fussent-ils alignés sous la plume d'un habile versificateur. Que les amateurs en soient donc persuadés : j'ai voulu seulement être clair, précis, en évitant la sécheresse et l'ennui presque inséparables de toute démonstration, et j'ai désiré surtout leur être utile.

J. L.

# A la Mémoire

## DE FEU **DARESSY**, PÈRE,

### MON PROFESSEUR.

---

Généreux DARESSY ! dans la nuit éternelle,
Le temps n'emporte pas les talents, les bienfaits,
Aux soupirs de mon cœur ton souvenir se mêle,
  Comme ta gloire à mes succès !


Justin Lafangère.

# L'ESPRIT

## DE

## L'ESCRIME.

### I.

Des chantres immortels dont mon pays s'honore,
La voix ne peut s'unir à ma voix peu sonore.
Seul, le Génie a droit, affrontant tout écueil,
D'ajouter aux trésors qui flattent notre orgueil.
Mais nos goûts désormais que peuvent-ils attendre?
La muse de Racine à tous se fait comprendre;
Avec Châteaubriant, notre esprit enchanté,
Dans la prose, des vers trouve la majesté;
Pour orner notre scène, intéresser et plaire,
Delavigne hérita du secret de Voltaire;
Du piquant Béranger le luth tendre et joyeux
Met une larme au cœur et le rire en nos yeux;
Et Lamartine sait, sur sa lyre pieuse,
Consoler et charmer notre âme malheureuse.
Du Parnasse français, en téméraire auteur,
Je ne veux point gravir l'effrayante hauteur;

J'emprunte seulement le secours de la rime,
Pour donner plus d'attrait aux règles de l'Escrime,
Pour en peindre l'esprit et les calculs profonds,
Non pour en retracer les premières leçons.
Ailleurs, dans un *Traité* plus complet, plus technique,
J'ai, de ses éléments, éclairé la pratique.
Le maître qui d'un art répand l'enseignement,
Doit, des principes vrais, chercher le fondement.
Je fais connaître ici ceux qui, dans ma carrière,
Aidèrent mes succès d'une utile lumière.
Longtemps sollicité par des amis nombreux,
Puissé-je les instruire et répondre à leurs vœux !

## II.

### *État d'hostilité parmi les hommes.*

Quelle mère enseignant notre enfance étonnée,
N'a dit de nos malheurs la source empoisonnée?
Ouvert à la vertu, le séjour de l'Éden
Au crime, sans retour, se referma soudain.
A son nouveau destin abandonné sans guide,
L'homme, de ses désirs suivit la voix perfide,
Et des vices affreux que l'Éternel maudit,
Avec sa race au loin le nombre s'étendit.
En lui l'ambition éveilla l'artifice,
L'égoïsme, sans frein, enfanta l'injustice,
Au hideux intérêt l'intérêt répondit,
Et des plus noirs excès le monde entier frémit.

L'homme, à peine créé, malheureux sur la terre,
Se vit bientôt en proie au démon de la guerre;
Il semblait condamné, dans ses tristes fureurs,
A remplir l'univers et de sang et d'horreurs.
Mais ses armes, d'abord, ne purent pas suffire
A cette ambition toujours prête à détruire.
Il découvrit enfin le fer, le plomb et l'or :
Son génie oppresseur prit un nouvel essor;
Il éprouva du fer la force et la puissance,
Il forgea le poignard et l'épée et la lance.
Par ces armes frappés, on vit dans plus d'un rang
Et le père et le fils couverts du même sang.
Aux coupables succès, son âme accoutumée,
Au métier des combats, chercha la renommée :
Tant pour l'orgueil humain est grand l'attrait fatal
D'imiter de la mort le génie infernal !
Ces instruments si prompts à trancher une vie,
Semblèrent encor mal seconder sa furie.
Le salpêtre enflammé fit résonner l'airain,
Et la peur s'étendit sur tout le genre humain.

### III.

### *Invention du Fleuret.*

Dans les premiers combats, la force naturelle,
Aux faibles devenait l'arme la plus cruelle;
Malgré tous leurs efforts, le courage, l'ardeur,
Se voyaient à la fin domptés par la vigueur.

On s'aperçut bientôt que l'art de la défense,
De la force pouvait maîtriser la puissance.
Quand on connut du fer l'extrême fermeté,
Et qu'on put lui donner la flexibilité,
Quelque génie heureux, guidé par l'industrie,
Sut du combat égal créer la théorie.
La force, dès ce jour, par l'adresse de l'art,
Avec étonnement se vit mise à l'écart.
Le fleuret qu'on forgea d'une forme légère,
Fut docile aux efforts d'une main régulière.
Le duelliste, alors, vint demander sa part
Des principes heureux qu'avait trouvé cet art.
Mais n'allez pas penser que le but de l'Escrime
Soit de prêter son aide à qui médite un crime.
Non, sa tâche, plus belle, est de mettre à profit
Les facultés du corps et celles de l'esprit.
Dans tous ses mouvements, elle rend le corps libre ;
Elle sait le placer dans un juste équilibre,
Afin que ses ressorts se meuvent sans raideur ;
Chacun d'eux en reçoit l'aplomb et la vigueur.
Elle donne à la fois aux sens l'intelligence,
A tous les mouvements le moelleux et l'aisance,
A l'esprit l'à-propos, à l'œil l'activité ;
Par elle tout, en nous, croît en solidité ;
Elle apprend à lutter de ruse, de finesse,
Et grandit le courage aussi bien que l'adresse.

## IV.

### *Base de l'Escrime.*

Cet art est difficile; il faut donc posséder
Des principes certains qui nous puissent guider.
  Suivant l'axe du corps, abaissez une ligne,
C'est le point primitif que la règle désigne.
Chaque côté va prendre un nom, un autre sens;
L'un est dit le dehors et l'autre le dedans.
L'attaque, ou bien le coup, se nomme l'offensive,
Et la parade prend le nom de défensive;
Quarte est pour le dedans, tierce pour le dehors,
Soit que l'on tire au haut, ou bien au bas du corps.
Six bottes seulement, dont chacune a sa feinte,
Produisent tous les coups que l'on fait dans l'enceinte;
Cinq parades aussi servent pour éviter
Les coups que l'ennemi tente de vous porter;
Vous pouvez, pour parer, ou froisser son épée,
Ou bien vous opposer à l'attaque trompée.
Un coup peut être fait par un seul mouvement,
On peut le faire encor par plus d'un changement.
De l'Escrime, telle est la base véritable,
Que la nature indique, et, comme elle, immuable.

## V.

### *Facultés que doit avoir un Maître.*

Je vais donc essayer ce pénible travail,
En saisissant de l'art le pesant gouvernail.
Je ne l'ignore pas, ma tâche est difficile,
Mais elle plait, du moins, à qui se rend utile.
Après avoir battu le fer pendant trente ans,
Soutenu dans cent lieux mille-assauts différents,
Et médité toujours sur les lois de l'Escrime,
Pour mes avis, peut-être, on aura quelque estime.
Un professeur instruit, dans ses premiers efforts,
Doit appliquer ses soins à bien placer le corps;
C'est ainsi que l'on donne aux membres la souplesse,
A l'esprit l'à-propos, à la main la vitesse;
Et si les mouvements agissent librement,
On a plus de calcul et plus de jugement.
Qu'il fasse attention à ce point d'importance,
De savoir des élus faire la différence:
L'élève est grand, petit, robuste, faible ou vif,
Prenez, en démontrant, un mode relatif.
L'un peut être fougueux et l'autre flegmatique;
Il faut étudier leur moral, leur physique,
C'est un principe sûr dont on doit se servir,
Afin que chacun d'eux puisse un jour réussir.
Sachez donner au corps l'aplomb et l'assurance
Que demande l'attaque, ainsi que la défense.

Le physique, bientôt, obéit à l'esprit ;
La vitesse s'accroît, tout est mis à profit ;
L'imagination préparant la défense,
Sait deviner l'attaque à la moindre apparence,
Et de suite la main vient saisir l'à-propos,
En ne laissant jamais l'adversaire en repos.

   Et vous tous, professeurs, qui croyez de l'Escrime
Avoir le gracieux, le brillant, le sublime,
Éloignez tous ces mots qui sont sans fondement,
Et dérangent le cours d'un bon raisonnement ;
Attachez-vous plutôt avec persévérance
A connaître votre art dans son domaine immense ;
Vous deviendrez alors un bon démonstrateur,
Vous pourrez être encore un excellent tireur.
Soyez surtout exact dans la nomenclature,
Puisque les termes vrais sont pris dans la nature.
Si vous n'êtes pas né pour enseigner cet art,
Tous vos raisonnements ne marchent qu'au hasard.
Soyez, en démontrant, toujours bien méthodique ;
Des principes, surtout, passez à la pratique.
Mais malheureusement l'on voit plus d'un tireur
Mettre tout son savoir dans un peu de vigueur ;
Et, par ce fol orgueil, aveuglé, plus d'un maître,
A de principes vrais ne veut pas se soumettre ;
Refuse d'ajouter à son enseignement,
Et borne tout son art au développement.
On aime mieux garder des vices d'habitude,
Que de faire pour l'art la plus petite étude.

Je vois, avec regret, le brillant de cet art,
L'assaut, dans nos plaisirs, n'être plus pour sa part.
Mais, pour ne pas laisser notre admirable Escrime
Tomber aveuglément dans le fond de l'abîme
Où tous les ignorants cherchent à l'entraîner,
Je vais de tout faux pas ici la détourner,
En mettant sous les yeux de ses amis fidèles,
De notre art inconnu les règles éternelles.
    C'est à vous, professeurs, que je viens m'adresser:
Vous pouvez conserver l'art prêt à s'éclipser.
L'Escrime, chaque jour, à force de licence,
Paraît, à tous les yeux, tomber en décadence.
Évitez, il le faut, ce dur ferraillement
Que vous faites toujours avec acharnement.
Ces assauts où partout règne la violence,
Des armes, à la fin, détruiront la science.
Que les principes vrais soient remis en vigueur;
Conservons à notre art son entière splendeur.
Combien de jeunes gens que le désir anime
De pénétrer à fond les secrets de l'Escrime,
En dépit des efforts qu'ils font pour réussir,
Au sublime, jamais, ne pourront parvenir!
Ils apprennent ces coups et d'estoc et de taille,
Dont on fait une triste et pénible bataille;
Manière de tirer dont la brutalité
Est le facile don de la majorité.
Si, parmi nous, se perd le goût de l'art des armes,
C'est qu'on veut lui ravir ses plaisirs et ses charmes.

Mais c'est assez parler de tout ce que l'on fait ;
Je n'en finirais pas, je poursuis mon sujet.

## VI.

### *Facultés que doit avoir l'Élève.*

Dans notre art glorieux, pour devenir habile,
Et pour en posséder *l'agréable et l'utile*,
Il faut être doué d'un sens surnaturel,
Et dégager l'esprit d'un lourd matériel.
Si l'élève n'a pas ces dons en apanage,
La médiocrité restera son partage.
Voici les facultés qu'un tireur doit avoir,
S'il veut de ce noble art conquérir le pouvoir :
D'abord, il faut du nerf, beaucoup de confiance,
Du calme, du sang-froid, de la persévérance.
On doit également, dans chaque mouvement,
Mettre de l'à-propos et du discernement.
Quoique vive, toujours que la main soit légère ;
Mais elle doit surtout être prompte et sévère.
A ces conditions vous comprendrez qu'alors,
L'esprit peut commander aux mouvements du corps.
Dans son activité, le bras doit être libre,
Et le corps, sans raideur, conserver l'équilibre.
Un départ décidé, fait avec jugement,
Facilite toujours le développement.
Mais si vous employez la force, la rudesse,
Que vous abandonniez le moelleux, la souplesse,

Vous n'obtiendrez jamais cette facilité,
Et l'équilibre perd de sa solidité.
 L'emportement vous nuit, ainsi que la mollesse,
L'âme perd l'action, et l'esprit la vitesse ;
L'esprit devient étroit, le corps plein de raideur,
Et le corps et l'esprit manqueront de vigueur.
Alors, l'ambition s'anime par l'offense,
Le fer ne cherche plus à prendre la défense,
Et ce trouble, toujours, né de l'emportement,
Entraîne le tireur dans le ferraillement.
Je vois avec douleur le grand art de l'Escrime
S'affaiblir chaque jour dans la publique estime ;
Puissions-nous le sauver, car il touche à sa fin !
Le physique fait tout, le moral parle en vain.

## VII.

### *De la Garde.*

 La garde a pour objet de bien mettre en présence
Et l'esprit et le corps, l'offense et la défense ;
D'avoir l'œil attentif et le corps affermi,
Sans craindre le danger devant son ennemi.

## VIII.

### *De la Position de la Garde.*

 Que toujours le bouton menace l'adversaire,
Que le corps soit d'aplomb, le regard téméraire,

Le jarret et la main fixes, sans action :
Pour la garde estimez cette position.
Mais on peut écarter le bouton de la ligne ;
Placez-le sur le point que votre esprit désigne.
La main et le bouton peuvent, à volonté,
Ou s'approcher du corps ou rester de côté.
Ayez, à votre gré, la main plus ou moins haute,
Car, par cela, jamais on ne fait une faute.
    L'esprit seul doit guider les facultés du corps :
Il sait, quand il le faut, faire agir ses ressorts.
Pour être bien couvert, n'offrez qu'un seul passage,
Vous aurez, pour parer, un puissant avantage.
Qu'un côté soit couvert par sa position,
Et l'autre garanti par votre attention.

## IX.

### Du Départ.

    Pour bien développer un coup franc et rapide,
Que le corps obéisse à l'esprit qui le guide ;
Et la main et le corps doivent au même instant,
Pleins de vivacité, se porter en avant.
Aussitôt, le pied droit abandonne sa place,
Et du terrain qu'il laisse il redouble l'espace.
Le corps ferme, d'aplomb et le jarret tendu,
Vous indiquent toujours que l'on est bien fendu.
Mais après cette attaque où le corps se hasarde,
Ne soyez pas surpris pour vous remettre en garde ;

Menacez du bouton avec sévérité,
Relevez-vous sans crainte, avec légèreté;
Vous troublez du pareur l'ardente impatience;
Il n'ose pas sur vous entreprendre l'offense.

## X.

### *De l'Offensive.*

Toute attaque a son but, c'est celui de toucher;
La parade a le sien, et c'est de l'empêcher.
Avant votre départ, êtes-vous immobile,
L'attaque est *de pied ferme,* et c'est la plus facile.
Si vous parez le coup, portez au même instant,
Afin de réussir, le poignet en avant;
Que le corps, cependant, reste fixe à son poste,
Et l'attaque, aussitôt, prend le nom de *riposte.*
Si l'on frappe le fer après votre départ,
Et que pour riposter on mette du retard,
Ne perdez pas de temps pour faire la *reprise,*
Tandis qu'avec le fer on tient le vôtre en prise :
Du coup ainsi porté l'espèce prend ce nom;
Mais conservez toujours, en tirant, votre aplomb.

## XI.

### *De la Défensive.*

Chacun des mouvements que produit l'offensive
Peut être combattu par ceux de défensive.

On peut, à volonté, soit par le *froissement*,
Par l'*opposition* ou par le *battement*,
Que le choc soit direct, ou que la main s'écarte,
Éloigner chaque coup en tierce comme en quarte.
Mais il est plus aisé, pour garantir le corps,
D'*opposer* le fleuret, dedans comme dehors.
Pour éviter le coup porté par l'adversaire,
Prenez la ligne droite ou bien la circulaire.

## XII.

*Des six Moyens par lesquels l'Épée peut arriver*
*au corps.*

### LE COUP DROIT.

Pour tirer le *coup droit,* il faut, sans pression,
Savoir gagner le faible avec intention.
Opposez et levez votre main assurée,
Et que l'arme en vos doigts cesse d'être serrée.
Dans sa course, la main, pour tirer le *coup droit,*
Est libre de tourner dans tel sens que ce soit.
En arrivant au corps, resserrez la monture,
Et gardez, en tirant, toujours votre mesure.

### LE DÉGAGEMENT.

Pour faire sans danger un bon *dégagement,*
Il faut sentir le fer par un doigté prudent.

Que votre pression, peu sensible, mais sûre,
Précède le départ d'une demi-mesure.
Le bouton doit alors, du même mouvement,
Délivrer votre fer de son enchaînement.

### LE COUPÉ.

Afin que le *coupé* se rende avec aisance,
Avant tout, employez une stricte prudence.
Au moment du départ, ce coup doit être fait
Avec rapidité, mais toujours d'un seul trait.
Il faut, en terminant, beaucoup de hardiesse ;
Mais c'est l'esprit, surtout, qui guide la vitesse.
Votre fer doit passer par-dessus le bouton,
Et se fixer après juste sur le téton.

### LA SECONDE.

La *seconde* se fait en quarte ou bien en tierce.
La main doit, sans raideur, se mettre à la renverse ;
Revenant vers le corps, pour rentrer dans le bas,
Votre fer va placer le bouton sous le bras,
Et, d'un rapide essor, sa courbe en haut tournée,
Est l'opposition dans ce cas ordonnée.

### LE TOUR.

Il faut vous appliquer à vous donner du jour,
Afin que votre fer puisse faire le *tour*.

Profitez du moment avec intelligence,
Et tout autour du fer passez avec aisance.
Que le fer, en chemin, ne fasse point d'écart,
Mais qu'il rentre d'un trait dans son lieu de départ.
Il faut, dans ce coup-là, mettre une action sûre,
En opposant la main sans presser la monture.
Le fer, par ce moyen, dans sa rapidité,
Passe sur le bouton avec légèreté.

### LE LIEMENT.

Pour faire le *licment*, ayez soin que l'épée
Soit d'une pression toujours enveloppée,
De peur qu'elle n'échappe au fer qui la conduit,
Et que de votre effort vous ne perdiez le fruit.
Tenez de votre fer le faible de la lame ;
Tournez comme le fil quand il ourdit la trame,
Et dès que le bouton est vis-à-vis du corps,
Terminez votre coup ou dedans ou dehors.

## XIII.

### *De la Parade.*

Mais les difficultés que présente l'offense
Ne sauraient égaler celles de la défense ;
Le développement étant prémédité,
La parade ne part qu'après le coup porté.

On doit voir aisément que dans la défensive
Il faut plus d'à-propos que n'en veut l'offensive.
  Pour éviter le coup, frappez rapidement
Le fer du faible au fort, d'un moelleux froissement.
Si l'opposition est par vous préférée,
Toute force, en ce cas, serait exagérée.
  Sur un coup, quel qu'il soit, ou dehors ou dedans,
Dans le haut ou le bas, ou dans tout autre sens,
Vous n'avez, pour parer, jamais qu'une parade,
Que l'on fait progressive ou qu'on fait rétrograde.
Sur le bouton passée ou dessous le poignet,
Elle produit toujours sur le fer son effet ;
Elle est ou tierce ou quarte, et seule a la puissance,
Sur tous les coups portés, de servir de défense.
Son exécution n'est qu'un seul mouvement,
Que l'on fait dans la ligne ou par un changement.
  La parade ne peut frapper deux fois l'épée,
Si l'attaque n'est pas deux fois développée.
Elle a lieu seulement quand le coup est porté,
Mais non lorsque le fer, hors l'attaque, est heurté.
Ainsi, pour dissiper les erreurs qu'on peut faire,
Frappez de votre fer le fer de l'adversaire ;
Serait-ce par un choc à lui rompre le bras,
Vous brisez son dessein, mais vous ne parez pas.
  Sur la fin du départ, si votre fer rencontre
Le fer de l'ennemi, par le simple ou le contre,
La parade prend nom, seulement, quand le fer
L'éloigne par le choc qu'on fait fort ou *léger*.

La parade, jamais, n'est par le fer trompée,
Puisqu'elle ne prend nom que sur le tact d'épée;
On ne peut la tromper qu'en sachant supporter
L'effort que fait le fer qui veut nous arrêter.
Ce genre d'éviter demande de l'adresse,
De l'à-propos, du calme autant que de vitesse;
Pour surprendre le fer dans sa rapidité,
Et le dompter alors qu'on peut être dompté.
A peine les deux fers parviennent à s'atteindre,
Que la reprise a lieu sans hésiter, sans craindre.
Voilà le seul moyen dont on peut se servir
Pour la subtiliser au moment d'en finir.
Par cette habileté, votre fer la maîtrise,
Et son action même à la vôtre est soumise.

## XIV.

### *Du Contre.*

Le contre est le produit d'un simple mouvement
Opéré quand le fer quitte l'engagement.
Ce mouvement se fait ovale ou circulaire,
Sur un coup, quel qu'il soit, porté par l'adversaire.
Il faut que votre fer passe sous son poignet
Ou dessus le bouton, ne faisant qu'un seul trait.
   Que le fer en tournant avance ou rétrograde,
Le contre n'est toujours qu'une simple parade;
Observez-le de près, vous verrez aisément
Que tout son composé se fait d'un mouvement,

Bien que votre bouton coupe la ligne basse,
Et que, sans s'arrêter, il revienne à sa place ;
Car, dans le mouvement qu'on fait en pareil cas,
Des deux lignes, le fer suit le haut et le bas.
Le coup tiré sur vous, précédé d'une feinte,
Vous fît-il parcourir plus d'une fois l'enceinte ;
Le fer fût-il atteint avant le coup porté,
Ou par le choc du vôtre en sa course arrêté,
La parade n'a lieu que sur le dernier contre,
Quand l'épée avec l'autre, en parant, se rencontre.
Que le choc soit moelleux ou sévère ou brutal,
C'est un seul mouvement qui pare un coup final.
Je sais de maints tireurs l'opinion contraire ;
Ils pensent que le fer, dans son cours circulaire,
Fait plusieurs mouvements lorsqu'il suit son chemin,
Et que sur chacun d'eux on doit régler la main.
Mais je n'ignore pas qu'en décrivant sa route,
Un contre est composé de deux courbes, sans doute ;
Vous pouvez y tracer quatre points cardinaux,
Que vous signalerez aux côtés principaux,
Et par tous ces rapports que la raison désigne,
Vous parcourrez le bas et le haut de la ligne.
Mais pour décomposer, voici tout ce qu'il faut :
La quinte, pour le bas, la quarte, pour le haut.
Si le contre se fait par l'action inverse,
Demi-cercle est le bas, le haut se trouve tierce.
Si le fer, d'un seul trait, vient dans l'engagement,
Le contre, dans ce cas, n'est que d'un mouvement.

Ainsi, pour obtenir réellement un contre,
Le fer avec le fer doit faire la rencontre ;
Et le point important dans l'application,
C'est qu'il soit toujours fait avec intention.

## XV.

### *De la Riposte.*

La riposte est le fruit produit par la défense,
Une attaque soudaine en réponse à l'offense.

Qu'un coup soit régulier ou qu'il ne le soit pas,
Qu'il soit fait dans le haut ou tiré dans le bas,
La riposte, qui suit une attaque opérée,
Se rend presque toujours prompte et comme inspirée.

La riposte n'a lieu que sur un coup porté,
Que le fer, en parant, doit avoir écarté.
On peut la rendre encor en suivant la retraite ;
Il faut, dans les deux cas, une main toujours prête.

Ripostez prudemment, après avoir paré ;
Craignez qu'un piége adroit ne vous soit préparé.
Sur tous les coups parés, observez l'adversaire,
Pour découvrir en lui ce qu'il désire faire ;
Mais s'il reste fendu sous votre engagement,
Et s'il attend de vous le moindre mouvement,
Regardez si son fer à sortir se refuse,
Et s'il reste fendu par mollesse ou par ruse.
D'un rapide coup-d'œil, c'est à vous de saisir
L'instant où son poignet est sur le point d'agir.

Que votre fer, toujours, tienne le sien en prise,
Afin de le forcer à faire la reprise.
Par sa position, il se trouve contraint,
Et le coup qu'il vous porte est toujours incertain.
Si vous parez le coup, décrivez une feinte,
Ou tirez le coup droit, sans raideur et sans crainte.
Ou bien le dégagé, la seconde, le tour,
Le coupé, le lié; profitez de son jour.

Vous saurez que le fer, aussitôt qu'il s'engage,
Vous offre, vers le corps, un facile passage.
C'est à vous d'observer, d'après l'engagement,
Le moment où le fer fera son changement.
Sans hésiter, alors, attaquez l'adversaire,
En gardant de la main la hauteur régulière.

Si vous parez le coup avec le froissement,
Ou qu'il soit évité d'un léger battement,
Pour rendre sans danger un coup rempli d'audace,
Du bouton menacez ses yeux de votre place;
Opposez, en tirant, le fer et le poignet,
Pour donner à ce coup le plus brillant effet.
Mais si votre projet est de changer de ligne,
Avant votre départ, que le fer fasse un signe;
Épouvanté, le sien vient précipitamment
Défendre le côté de son engagement.
D'un mouvement soudain, ripostez une botte;
Pour opposer le fer que votre main pivote.
Toujours, en ripostant, prenez le haut du corps,
Ou tout près du poignet, dedans comme dehors.

Si l'opposition vous servait de défense,
Par une pression, préparez la vengeance.
Sur son fer offensif, tout prêt à dégager,
Menacez d'un coup droit, sans craindre le danger;
Et s'il ne voulait pas répondre á la menace,
Tirez, mais observez que votre corps s'efface;
Mais s'il pare le coup que vous lui détachez,
Faites-lui la remise; alors vous l'empêchez
De saisir votre fer au milieu de sa course :
Pour parer votre coup, il perd toute ressource.

<h2 style="text-align:center">XVI.</h2>

<h3 style="text-align:center">De la Feinte.</h3>

La feinte, dans son cours, signale le départ;
Cette ruse agrandit le domaine de l'art;
Mais, malgré son pouvoir, son rôle est secondaire;
Ses efforts sont toujours soumis à l'adversaire.
Soyez donc attentif après ce mouvement;
Attendez sur vos pas un rival imprudent.
Pour toucher votre fer, si sa main s'achemine,
Il vous offre un sentier jusques á sa poitrine;
Mais s'il ne répond pas dans ce même moment,
Et s'il reste passif dans son engagement,
Alors ne faites pas votre feinte trop vite,
Gardez dans vos appâts une sage limite;
Vous pourriez engager votre fer dans le sien,
Et tous vos mouvements ne serviraient à rien.

Pour troubler son sang-froid qui vous est trop contraire,
Menacez, par degré, l'œil de votre adversaire.
La feinte, dont le but est d'imiter le coup,
Doit, avant le départ, se prononcer beaucoup.
Il faut, de votre fer, en tierce comme en quarte,
En présentant le coup, que la pointe s'écarte.
Le fer, contraire alors, suit progressivement,
Et présente du jour au développement.

Mais, pour qu'un mouvement prenne le nom de feinte,
C'est trop peu de tourner tout autour dans l'enceinte ;
Il faut que le bouton, quand il est déplacé,
Effraie, au même instant, l'ennemi menacé ;
Et, votre mouvement, s'il ne sait rien produire,
Devient perdu pour vous, et ne peut que vous nuire.
On doit donc s'attacher à ce point principal,
D'attendre, pour parer, toujours le coup final.

Les préparations, dont notre art fait usage,
Se classeront ailleurs dans un système sage.
Si vous faites l'appel, ou bien le battement,
Que vous marchiez, rompiez, changiez d'engagement,
La préparation n'inspire aucune crainte :
Je ne la classe pas sous le titre de feinte.

## XVII.

### *De l'Assaut.*

En Escrime, l'assaut égale le combat.
La ruse, des tireurs, entretient le débat.

L'assaut met à profit, dans sa lutte terrible,
Tout ce qu'offre de l'art l'enseignement paisible.
Pour y bien réussir, il faut mettre en rapport,
De votre fer actif, et le faible et le fort.

Que le corps soit d'aplomb, la main prompte et légère;
Elle doit, au départ, toujours être sévère;
Ferme devant les coups que l'on peut lui porter,
Jamais un *menacé* ne doit l'épouvanter.

Le fer seul doit servir à prendre l'offensive;
C'est le fer seul encor qui prend la défensive.

# PRÉCEPTES DE L'ART.

## § 1.

On doit avoir toujours, dans l'exécution,
L'esprit vif, attentif, sans agitation.
Le corps, dans ce moment, reste calme, tranquille,
Pour saisir, du départ, l'occasion facile :
Alors l'esprit reprend le sang-froid, la douceur,
Tandis qu'au corps rapide, il transmet son ardeur.
Tel, avant de lancer la foudre qu'il recèle,
Le salpêtre, en repos, n'attend que l'étincelle ;
Et tel, le corps, docile et tout prêt à partir,
De l'esprit qui l'enflamme, attend l'ordre d'agir.

## § 2.

Gardez votre sang-froid, en toute circonstance.
Mettez, dans l'action, la plus grande assurance.
Méfiez-vous toujours des appâts qu'on vous tend :
Le fer de l'adversaire est là qui vous attend.
Vous devez pénétrer, malgré qu'il vous abuse :
Le fer s'oppose au fer, et la ruse à la ruse.

La riposte n'aura sur vous aucun effet;
Par votre attention, vous trompez son projet.
Observez de son fer le but et le manége,
Pour le faire tomber lui-même dans le piége.
C'est à vous de tromper son fol emportement,
Au moment où son fer quitte l'engagement.
Faites, tout aussitôt, une prompte remise,
Ou bien, après le choc, rendez-lui la reprise.

## § 3.

Pour attaquer, parer, ou bien pour riposter,
De ces conditions, on doit se pénétrer :
Mettez dans le départ, toujours de l'assurance;
Surmontez, de sang-froid, l'aspect de la défense
Soyez ferme, d'aplomb, devant votre ennemi,
Et ne portez jamais aucun coup à demi.
Ne vous effrayez pas sur la moindre menace;
Restez, avant d'agir, solide à votre place.
Attendez, pour parer, que le coup soit final :
Pour écarter le fer, c'est le soin principal.
Mais, si vous attaquez après votre parade,
Faite en sens progressif, faite en sens rétrograde,
Ne vous pressez jamais, pour riposter le coup :
Le trop d'empressement souvent vous nuit beaucoup.
Donnez à votre main la plus grande souplesse;
Mettez, dans l'action, une sage vitesse.

## § 4.

Pour avoir, du départ, un indice certain,
Regardez si le corps, le jarret et la main
Marchent, en même temps, en avant dans l'offense:
Ils obligent alors de se mettre en défense.
De ces conditions, si l'une est en retard,
L'adversaire, sur vous, ne fait point de départ.
Cette raison suffit pour n'avoir nulle crainte,
Puisque le fer, sur vous, ne produit que la feinte.

On doit donc s'attacher à bien saisir l'instant
Où le corps et le pied se portent en avant.
Du jarret, de la main l'action réunie
Est pour vous le signal d'une approche ennemie.

## § 5.

Que dans chaque menace ou développement,
On mette, avant d'agir, beaucoup de jugement :
Si vous voulez parer ou la tierce ou la quarte,
Évitez, en frappant, que votre fer s'écarte.
Ne vous emportez pas ; il arrive souvent
Qu'on dépasse le fer que l'on cherche en parant.
Ne le poursuivez pas avec un trouble extrême ;
Souvent à votre place il vous rejoint lui-même.

## § 6.

Ne ripostez jamais si le corps est couvert ;
Mais, partez aussitôt qu'un passage est offert.

Si parfois il survient une contre-riposte,
Sans vous épouvanter restez à votre poste:
C'est le plus sûr moyen que l'on doive adopter
Pour éviter le coup que l'on peut vous porter.

## § 7.

La pointe droite au corps n'est pas avantageuse :
Au contraire, pour vous elle est fort dangereuse.
Cette position, qui menace le corps,
Vous tient à découvert le dedans, le dehors;
Vous êtes effrayé par la moindre menace :
On peut vous attaquer par une quarte basse.
Qu'un côté soit gardé par le fer défensif,
Et l'autre garanti par l'esprit attentif.

## § 8.

Changez d'engagement, ou bien restez en place ;
Votre poignet toujours à l'ennemi fait face.
Soit en haut, soit en bas, ou dedans, ou dehors,
La pointe doit toucher ou menacer le corps.

## § 9.

Pour bien placer la main en tierce comme en quarte,
Hors du but que jamais le poignet ne s'écarte.
Pour la placer en quarte, à la rigueur on doit
Faire plier le fer, le dos du côté droit.

Pour la tierce, le fer fléchit en sens contraire,
Et cette courbe alors, à gauche doit se faire,
Pour la seconde, il faut que votre fer placé
Se courbe dans le haut et le dos renversé.

## § 10.

La parade toujours à l'attaque est soumise:
Vigilante, elle doit tromper toute entreprise.
Les feintes, à leur tour, le sont également,
Et le fer du pareur règle leur mouvement.
Faites-les en avant, ou d'un fer rétrograde ;
Mais il faut les régler toujours sur la parade.

## § 11.

Si le fer offenseur fait plus d'un mouvement
Avant de terminer son développement,
L'attaque fait toujours, dans sa marche ordinaire,
Un mouvement de plus que ne fait l'adversaire.

## § 12.

Sur tous les mouvements que l'adversaire fait,
Gardez d'être jamais étonné, stupéfait.
Sachez qu'en quelque sens que la pointe se trouve,
Qu'on la change de lieu, quelque choc qu'elle éprouve;
Dans le haut, dans le bas, en dedans, en dehors,
La pointe clairvoyante est toujours droite au corps.

C'est à vous de savoir, dans cette ligne droite,
Trouver tout le succès d'une manœuvre adroite.
Si par la pression l'on veut nous écarter,
Vous devez sur le fer sans force résister :
Si ce fer qui vous presse, en dehors vous écarte,
A l'instant, pour toucher, tournez la main de quarte.
Par la même raison, s'il vous presse en dedans,
Tournez la main de tierce, et voilà l'autre sens.

## § 13.

Quand à porter un coup votre main se hasarde,
Si vous êtes paré, soyez toujours en garde.
Vous avez un moyen pour vous servir d'appui :
Placez bien le bouton en face devant lui.
N'abandonnez jamais les yeux de l'adversaire :
Vous saurez à l'instant, de lui, ce qu'il veut faire,
Si votre intention est de rester fendu.
S'il a, pour riposter, un peu trop attendu,
Sans crainte reprenez votre première place
Avec rapidité, mais toujours avec grâce.
Si pourtant son dessein était de riposter,
Sachez parer le coup sans vous épouvanter.

## § 14.

Pour l'attaque, prenez une base solide :
A tous vos mouvements que l'esprit seul préside.

Que le coup soit léger, que le coup soit brutal,
Opposez votre fer toujours au coup final.

Pour rendre le coup prompt et votre botte sûre,
Pressez légèrement, de vos doigts, la monture :
Franchement, attaquez, et la vitesse alors
Va placer le bouton droit au milieu du corps ;
Mais pour porter le coup qui du combat décide,
Gardez-vous, en partant, de tirer dans le vide.


## § 15.


L'attaque et la défense épurant leur emploi,
Rivales de vitesse, ont chacune leur loi.
Dans l'un et l'autre cas, l'action est parfaite,
Si la finale ainsi se règle et la complète :
Le coup que vous portez, sans faire des efforts,
Avant le pied levé doit arriver au corps ;
Et, pour parer le cou porté par l'adversaire,
Frappez son fer avant que son pied tombe à terre.


## § 16.


Pour rendre, en ripostant, presque le coup certain,
Après le choc donné ne tournez pas la main.
On doit rendre le coup, sur le simple ou le contre,
Dans le sens où du fer la main fait la rencontre ;
Et si vous la tournez dans le même moment,
Vous pouvez éprouver un fort désarmement.

C'est pourquoi vous devez, quand vous rendez la botte,
Éviter que la main, en ripostant, pivote.

## § 17.

Jamais de la parade, austère dans ses lois,
La riposte ne peut prévaloir sur les droits.
Les coups que vous portez, en toute circonstance,
Ont le nom d'une botte et rentrent dans l'offense.

## § 18.

La finale du coup, après le mouvement,
Ne peut tirer son nom que de l'engagement :
Le coup que vous portez garde son caractère,
Mais sa terminaison dépend de l'adversaire.

## § 19.

La main, le haut du corps doivent, au même instant,
Dans chacun de vos coups se porter en avant:
Vous saurez que le fer toujours, dans l'offensive,
Doit arriver au corps avec la défensive.
C'est à quoi l'on devrait plus souvent s'attacher
Qu'à cette ambition qui veut toujours toucher.
S'il s'agit d'attaquer, ou bien de vous défendre,
Consultez vos moyens avant que d'entreprendre.
Commencez tous vos coups avec rapidité ;
Terminez-les toujours avec légèreté.

## § 20.

Le bouton doit, sans cesse, être sur la poitrine,
Mis avec jugement, et jamais par routine.
Pour bien porter le coup, la main doit, sans effort,
Du fer, quand il arrive, arrondir le ressort:
La main, dans son départ, doit monter avec grâce,
Et s'opposer toujours au fer qui vous menace:
Contre un coup hasardé cet obstacle vous sert,
Et ne vous laisse pas le corps à découvert.

## § 21.

Evitez d'employer à tout coup la vitesse;
Conduisez-la toujours par la ruse et l'adresse:
Que le corps et la main, au développement,
Soient sans cesse guidés par un sain jugement.
Tout le corps est troublé d'une action brutale
Que ne dirige pas la puissance morale.

## § 22.

Avant votre départ, pressez légèrement
Le fer de l'ennemi dans son engagement.
Voulez-vous réussir? ayez partout de l'ordre;
Surtout, ne faites pas vos feintes en désordre,
Si vous voulez avoir, dans chaque mouvement,
Pour le fer défensif un sûr entraînement,

Changez votre bouton en graduant la feinte,
Et le fer va vous suivre, égaré par la crainte.
Aussitôt que la feinte aura produit un jour,
Entrez rapidement, sans prendre de détour.

## § 23.

Pour éviter le fer qui vient à la défense,
Si, d'un seul mouvement, on opère l'offense,
Le physique fait tout et le moral est vain ;
C'est la vivacité qui gouverne la main.
Mais, avant de partir, si le coup se compose
De plusieurs mouvements auxquels le fer s'oppose,
Que votre esprit surveille, en ce déplacement,
Le fer qui, par instinct, suit progressivement.
Si le coup qu'on vous porte est la feinte et la botte,
Gardez que votre main devant vous ne pivote.
Attendez, pour parer, le dernier mouvement :
Vous parez le coup droit ou le dégagement.

## § 24.

Deux parades jamais, dans la même rencontre,
N'évitent qu'un seul coup : c'est le simple ou le contre.
Si, dans le premier choc, le fer est écarté,
Alors, le vôtre aura paré le coup porté.
On ne saurait parer, sans doute, aucune feinte,
Dût le bouton courir tout autour de l'enceinte :

La parade n'a lieu qu'au développement,
En éloignant le fer par un seul mouvement.


## § 25.


Mettez dans l'action beaucoup d'intelligence,
Si vous voulez de l'art posséder la science.
Quand l'adversaire fait sur vous un mouvement,
Soyez bien attentif dans ce premier moment.
Observez ses regards, sa main, son attitude;
Devinez ses projets, faites-en votre étude:
Voyez si tout en lui, par la raison et l'art,
Est conduit sagement, ou n'est dû qu'au hasard.
Distinguez, du talent, la routine stérile,
Et de ses mouvements l'action inutile.
Mais les vôtres, sur lui, déterminent trois cas:
Il pare ou développe, ou ne s'ébranle pas.
Vous devez aussitôt deviner si l'épée
Doit être promptement sur vous développée.
Si, sur votre menace, il s'élance sur vous,
Parez et ripostez ou tirez en dessous.
Au contraire, s'il va lui-même à la parade,
De son fer il faudra que le vôtre s'évade.
Mais devant vous, enfin, s'il reste toujours droit,
Partez, si vous voulez, par un coup quel qu'il soit;
Pour avoir de cet art le talent, le génie,
Le corps, avec l'esprit, doit être en harmonie.

## § 26.

Portez dans la parade, aussi bien qu'au départ,
Assez d'attention pour éviter l'écart.
Pour être positif dans ce que l'on médite,
Il faut toujours agir sans que la main hésite.
Si vous portez le coup, tirez-le franchement;
Voulez-vous l'éviter? parez légèrement.

## § 27.

On croit (c'est une erreur qui règne dans l'Escrime)
Que lorsque le bouton se trouve quarte ou prime
Devant son adversaire, il faut, pour l'action,
Recommander du bras l'entière extension.
Quoique la pointe ainsi de son but s'avoisine,
Et paraisse plus près de frapper la poitrine,
Le bras qui la conduit n'atteindra pas au corps
Aussitôt que le bras qui détend ses ressorts;
Car ce premier moyen entraîne la rudesse,
Et la raideur toujours enchaîne la vitesse.
Cette raison suffit, et l'on voit aisément
Que le bras moins tendu part plus rapidement.

## § 28.

Dans l'attaque toujours il faut être sévère.
Conservez, en tirant, la main libre et légère.

Avant que d'attaquer, faites, en avançant,
Pour n'être pas surpris, un signe menaçant ;
Mais, avant de partir, prenez votre distance,
Ayez dans votre attaque une ample confiance,
Afin de prévenir un départ dangereux
Qui, certes, deviendrait funeste à tous les deux.
Si vous êtes trop loin du corps de l'adversaire,
Gardez-vous d'attaquer, puisqu'on ne peut rien faire :
Vous tirez *dans le fer*, et votre coup est vain.
Il vient paralyser et l'esprit et la main.

## § 29.

Toujours dans l'action mettez de la prudence,
En conservant au corps, à l'esprit l'assurance.
Si vous voulez changer de ligne en ripostant,
Il faut faire, d'abord, un appel en partant.
Profitez de l'instant dont vous êtes le maître ;
Plus tard votre ennemi réussirait peut-être :
Ce mouvement subtil, fait avec jugement,
Le force à revenir à son engagement :
C'est à vous de tromper son fer qui tergiverse,
Quand il vient s'engager dans la quarte ou la tierce.

## § 30.

N'offrez jamais de jour que volontairement,
Pour que votre rival y tombe aveuglément.

Mettez dans les appâts tendus à l'adversaire,
Un air de négligence, ou bien un air sévère.
    Pour cacher au tireur votre propre dessein,
Jamais, avant d'agir, ne soyez incertain.
Si vous voulez parer, présentez-lui l'offense;
Voulez-vous attaquer? offrez-lui la défense.

## § 31.

    Si le fer, vers le corps, s'approche sans dessein,
Et que, dans son trajet, il s'arrête incertain,
L'inutile tourment qui prélude à sa course,
Du coup qu'il faut porter fait perdre la ressource.
Ne faites donc jamais involontairement
Opérer à la main un vain déplacement;
Et redoutez surtout qn'une vague menace,
Du rival ennuyé n'excite enfin l'audace.

## § 32.

    Il faut également, à l'aspect du départ,
Éviter, de la main, le plus petit écart.
Vous ne devez jamais faire dans la défense
Des efforts superflus pour déjouer l'offense.
Attendez du tireur la fin de l'action,
Pour éloigner son fer par l'opposition.
De quelques mouvements que le coup se complique,
Au dernier seulement la défense s'applique.

## § 33.

Si deux tireurs ayant la même intention
S'attaquaient, sans chercher leur opposition,
Et que chacun alors touchât son adversaire,
Sans prévoir le danger de l'attaque contraire,
Tous deux ils auraient tort. Mais c'est un autre cas,
Si l'un a tiré haut, et l'autre a tiré bas ;
Car le point le plus près est toujours, dans la ligne,
Le point plus élevé que tel point qu'on désigne ;
Et le haut de la ligne est, toujours, en avant,
Fortement incliné par le corps en partant,
Tandis que, dans le bas, elle revient sur elle.
Après tout, ce n'est point la règle naturelle.
    Celui qui tire haut a donc plus de succès ;
Le haut du corps étant du bouton le plus près.
Si le fer, devant vous, était droit, inflexible,
De vous toucher ensemble il serait impossible ;
Car le fer, en pliant, toujours se raccourcit,
Et, par ce moyen seul, le coup bas réussit.
Qu'on soit de taille haute ou de taille ordinaire,
Tirer en ligne basse, à la règle est contraire ;
Et l'on doit donner tort au coup irrégulier,
Qui, dans cette rencontre, arrive le dernier.

## § 34.

On prend le coup d'arrêt toujours sur une faute
Que l'on fait en tirant, sans garder la main haute.

Il se prend sur la marche ou bien sur le départ,
Quand le corps et la main produisent un écart.
Si l'on vous laisse un jour, par trop de négligence,
Votre bouton prendra sur l'autre de l'avance ;
Car il part le premier, et nécessairement,
Il touchera plus tôt le but auquel il tend.
Mais si l'on ne pare pas, en tirant, la main basse,
Si le corps et le fer savent garder leur place,
Le coup d'arrêt, alors, doit n'être pas tiré :
Il faut, à cette botte, un chemin préparé.

## § 55.

Pour prendre bien le temps, il n'est qu'une manière,
Il faut que votre main soit prompte et régulière ;
Il doit être saisi, sans hésitation,
Lorsque votre ennemi prépare l'action.
On le prend sur l'appel, quand les fers vont s'atteindre,
Ou même au pied levé, mais il est plus à craindre.
Le coup que vous portez, aussi prompt que l'éclair,
Par sa rapidité, doit faire siffler l'air.
Agissez sans retard ; que votre hardiesse
De l'ennemi surpris arrête la vitesse.
Pour que ce coup soit beau, soutenez votre main,
Et d'arriver au corps vous serez plus certain.
Comme, dans cet effort qui surprend l'adversaire,
Il ne peut concevoir ce que vous voulez faire,

Vous devez employer toute votre vigueur.
N'opposez pas le fer, mais cherchez la hauteur.


## § 56.


Tous les jeunes tireurs, bouillonnant de courage,
Par désir de toucher, perdent leur avantage.
J'ai remarqué chez eux, que trop d'emportement,
Contrariait beaucoup le développement;
Et cette ambition, que leur orgueil écoute,
Très-souvent, du progrès leur a fermé la route.
Ils sont persuadés que, par un prompt départ,
Ils peuvent suppléer à la science, à l'art.
Ils n'ont pas remarqué que toujours la rudesse
Arrête la pensée, enchaîne la vitesse.
Cette vitesse, même, a perdu de son droit,
Quand elle a dû combattre un tireur de sang-froid.
Mais si vous attaquez sur l'appel ou la feinte,
Devancez le départ, n'ayez aucune crainte;
En partant, couvrez-vous, ne soyez pas tardif:
Il faut que votre coup soit toujours décisif,
De peur que votre fer en chemin ne rencontre
Quelque opposition ou du simple ou du contre.
Si le coup est mal pris, il devient dangereux;
On voit les combattants se frapper tous les deux.
Cette faute est le fruit de l'inexpérience,
Ou de l'incertitude et de la méfiance;

C'est pourquoi l'on devrait toujours, en attaquant,
Porter la main, le corps et le pied en avant.
La tension du bras est ce qui doit produire
Cette élévation qu'il faut bien se prescrire.

  Voyez si, par adresse, un jour vous est offert;
N'y pénétrez jamais sans être bien couvert;
Cette ligne pourrait souvent être occupée,
Et votre intention serait bientôt trompée.
Alors, avec dessein, menacez de partir;
Le fer vient aussitôt à votre fer s'offrir.
Dans le même moment, par un coup de vitesse,
Partez, en vous couvrant, sans mettre de rudesse.
Dans votre coup lancé, que jamais le fleuret
Ne dérange, en chemin, le corps ni le poignet.

  Si vous croyez prudent, après votre parade,
De changer de côté dans un coup rétrograde,
Que du fer ennemi le faible, sans effort,
Soit, dans votre retour, saisi par votre fort.
Vous maîtrisez alors toute sa résistance,
Et son désir trompé cède à votre puissance.

  Si, sur le coup paré, vous avez le dessein
De faire, étant fendu, la reprise de main,
Attendez du pareur la botte ou bien la feinte;
S'il ne riposte pas, bannissez toute crainte;
Dans ce même moment, profitez du grand jour,
Faites le dégagé, la seconde, le tour,
Le coupé, le lié; observez pour la botte,
Quand elle est le coup droit, que votre main pivote;

Et pour les autres coups, faites attention
D'employer, au départ, la modération :
Pour y bien réussir, qu'une action rapide
Et surtout calculée, à votre coup préside.

Vous pouvez éprouver, par l'ardeur emporté,
Pour terminer le coup, quelque difficulté.
Assurez-vous donc bien si le fer qu'on écarte
Se trouve, après le choc, en tierce ou bien en quarte.
Afin de lui tracer, soit dedans, soit dehors,
Un chemin, sans danger, dans le haut, vers le corps.
Mais si c'est dans le bas, ayez toujours bien garde
D'être pris au moment où vous changez de garde.
Le bas ou le dessous deviendrait un abus
Contre le fer qui prend ,en tirant, le dessus.
Je vous ai démontré que le haut de la ligne
Est le point le plus près que l'Escrime désigne ;
Mais toujours le bouton, avec rapidité,
Doit voler libre et fier vers l'endroit projeté.


## §.37.


Que des jeunes tireurs, conduits par l'habitude,
Soient privés des secours que peut donner l'étude,
Ah ! sans doute, le tort en est aux professeurs,
Qui, jetant dans l'esprit des jeunes amateurs
Des principes tronqués, des règles sans mesure,
Les laissent s'escrimer sans grâce, sans tournure,

Et leur disent souvent : Prenez toujours le bas,
C'est le plus sûr moyen de sortir d'embarras;
Évitez ces erreurs, et dans l'art de l'Escrime,
N'abandonnez jamais la règle légitime.

## § 38.

La modération, jointe à l'aménité,
Donne de l'assurance et de la dignité;
Et, le tireur qui sait en sentir le mérite,
Pourra seul, de notre art, reculer la limite.
Voulez-vous du public mériter la faveur?
Employez, en tirant, la plus grande douceur.

## § 39.

De votre fer, tentez celui de l'adversaire
Par un tact, soit direct, soit dans le sens contraire.
S'il répond à ce choc par un autre imprévu,
Evitez son dessein aussitôt qu'aperçu.
Si vous sentez son fer tenir le vôtre en prise,
Faites un battement, avant votre reprise;
Relâchez la raideur du bras et du jarret,
Et votre coup alors produira son effet.

## § 40.

Si, dans l'engagement, l'adversaire vous presse,
Votre fer doit céder au poids de la rudesse.

Pour vous en dégager, employez la douceur ;
Mais, accompagnez-la, toujours, de la vigueur.
S'il vous tient en dedans, tournez la main de tierce ;
Et, si c'est en dehors, exécutez l'inverse.
Alors, le fer rapide, évitant tout écart,
Doit aller, sur le corps, se fixer sans retard.
Ce moyen détruit tout ; et, l'on voit que l'adresse
Maîtrise, sans effort, la force et la rudesse.
Les principes, toujours, doivent anéantir
Tout ce qu'un ferrailleur, en tirant, peut offrir.

Réfléchissez-y bien : la parade a, pour elle,
En ripostant un coup, la botte naturelle.
C'est pourquoi l'on devrait, avant de riposter,
Concevoir promptement le coup qu'on va porter.

Mettez de la vigueur, en terminant la botte,
Pour devancer le fer qui, devant vous, pivote.
Mais, si le coup porté se fait sans jugement,
Le bras n'agit alors que difficilement.
Pour rendre le coup franc, prenez toujours pour guide
Ce principe, qu'il faut n'être jamais timide ;
Au contraire, mettez beaucoup de volonté,
De l'aplomb, du sang-froid et de la fermeté.
Si vous ne vous armez d'un courage semblable,
Vos coups n'auront jamais un effet véritable.

Votre fer, par le tact, se donne-t-il un jour,
Sachez en profiter, mais craignez le retour ;
A celle du tireur, opposez votre épée,
Et partez aussitôt que vous l'aurez frappée.

Evitez avec soin ses feintes, ses appâts,
Son dessein est d'aller où son bouton n'est pas,
Cherchant, par ces moyens de finesse et de ruse,
A saisir le moment où son fer vous amuse,
Et, mettant votre fer toujours en mouvement,
Pour prendre l'à-propos du moindre changement.

## § 41.

On croit, c'est une erreur répandue en Escrime,
Que, lorsque le bouton se trouve quarte ou prime,
Devant un adversaire, il faut, pour l'action,
Recommander du bras l'entière extension ;
Quoique sa pointe, ainsi, de son but s'avoisine,
Et paraisse plus près de frapper la poitrine,
Le bras, qui la conduit, n'atteindra pas au corps
Aussitôt que le bras qui détend ses ressorts ;
Car, ce premier moyen entraîne la rudesse,
Et la raideur toujours enchaîne la vitesse ;
Cette raison suffit, et l'on voit aisément
Que, le bras moins tendu, va plus rapidement.

## § 42.

Vous ne pourrez jamais, dans cet art difficile,
Devenir fort tireur, ni professeur habile,
Si vous n'enlevez pas avec facilité,
Tout ce qu'un art si grand offre d'aspérité.

Pour y bien réussir, il faut que la sagesse,
A chaque mouvement, gouverne la vitesse.
La main doit, sans raideur, produire librement
La complication de chaque mouvement;
Pour rendre la parade et l'offense dociles,
Il faut vous exercer aux choses dificiles;
Vous revenez ensuite à la simplicité,
Et la main, pour agir, a plus de liberté.
Vous observerez bien que l'on doit, dans l'offense,
N'employer que le simple, ainsi qu'en la défense.

## § 43.

Evitez de porter avec avidité
Le regard sur le fer qui vous est présenté.
Qu'il se montre en un sens, ou passe dans un autre,
Vos doigts, légèrement, sauront presser le vôtre.
Si, dans ses changements, vous les suivez des yeux,
Ce mouvement craintif peut être dangereux.
Vous devez seulement regarder l'adversaire;
Ce point de mire, alors, vous dit ce qu'il veut faire.
Si son dessein caché préparait des appâts,
Gardez-vous, en chemin, de faire de faux pas.

## § 44.

La démonstration n'est pas chose facile,
Pour être, dans cet art, un professeur habile,

Ce n'est pas tout d'avoir, sur les champs de l'honneur,
Au milieu des périls, signalé sa valeur :
Auriez-vous affronté, dans plus d'une bataille,
Le bronze qui vomit et boulets et mitraille ;
Ce titre fait le brave, et non le professeur ;
Ce n'est pas même assez d'être excellent tireur.

Pour enseigner cet art dans toute sa puissance,
Des principes, surtout, ayez la connaissance.
Parmi ceux qui, de l'art, auront l'enseignement,
Combien n'en est-il pas qui, rétifs au talent,
S'obstinent aux écarts d'une aveugle routine,
Dédaignant le secours d'une sûre doctrine,
S'occupent seulement des mouvements du corps,
Et laissent le moral et l'esprit en dehors ?
Quittez, et pour toujours, cette vieille habitude,
Commencez de votre art une sévère étude,
Et vous pourrez un jour, vrai professeur de l'art,
De l'estime publique avoir une ample part.


§ 43.


Poursuivons notre but sans sortir de la route.
Lorsque vous enseignez, ne laissez aucun doute ;
Soyez toujours précis et clair dans vos leçons,
Ou sur votre mérite on aura des soupçons.

Présentez au tireur votre fer avec grâce ;
Observez si son corps ne change pas de place.

S'il presse le dedans pour tirer dans le haut,
Soyez comme la foudre et partez aussitôt.

A votre intention s'il paraît trop docile,
Pour saisir son dessein ayez l'esprit habile.
N'allez pas obéir aux malices de l'art ;
De son fer, pour parer, attendez le départ.
Si, sans vous tendre un piège, on ouvre le passage,
De suite, profitez d'un si grand avantage ;
Employez, en partant, votre vivacité,
Mais terminez le coup avec légèreté.


## § 46.


Observez avec soin si la ligne attaquée
Se trouve par le fer et par la main traquée.
Restez calme, attentif avant de riposter :
Vous assurez le coup que vous voulez porter.
Par une pression, que le fer la devance ;
Mais ne quittez jamais le sien sans prévoyance :
Votre adversaire cède à votre autorité,
Et vous avez ainsi forcé sa volonté.


## § 47.


Emparez-vous sans bruit du fer de l'adversaire,
Conservez, en pressant, la main toujours légère.
Quand vous aurez paré, soyez assez prudent
Pour prévoir, du coup droit, le danger trop fréquent,

Si le corps est couvert, évitez de le rendre ;
Car l'ennemi, sur vous, lui-même peut le prendre.
Ne ripostez jamais par un coup, quel qu'il soit,
Sans couvrir votre corps, surtout pour le coup droit :
Votre main doit toujours se montrer opposée
A l'endroit où finit l'action proposée.

## § 48.

Si vous dissimulez le dessein de partir,
Attendez que le fer s'oppose pour agir.
Si, prête à vous parer, la main alors se montre,
Sachez, avec adresse, éviter sa rencontre ;
Du côté qu'elle occupe, il faut vous dégager,
Et portez aussitôt un coup vif et léger.
Comme ces mouvements, que l'on fait par des feintes,
Ont pour but de tromper ou de donner des craintes,
C'est à vous de saisir, d'un regard vigilant,
L'instant précis qu'il faut pour le dégagement.
Mais si le coup alors est paré dans sa course,
Vous n'avez, pour tirer, qu'une seule ressource ;
C'est d'opposer la main, avec sévérité,
Du côté de l'épée où le coup est porté.

## § 49.

Dans tous vos mouvements mettez de la souplesse,
Conservez du sang-froid ; ayez de la finesse ;

Faites que dans la marche, aussi bien qu'au départ,
La science vous guide, et non pas le hasard.
　　De l'opposition conservez l'assistance;
Ne vous emportez pas sur quelque résistance.
Pour pouvoir éviter le temps, le coup d'arrêt,
En tirant, couvrez-vous; à parer, soyez prêt.
Vous devez vous attendre à plus de réussite,
En épiant l'instant où le fleuret vous quitte:
Dans le même moment, soyez prêt à partir;
Profitez aussitôt du jour qu'on vient d'offrir.
Sur votre fer heurté, négligez la remise,
Et faites, par le tact, une prompte reprise.


## § 50.


　　Si le fer ennemi, par son déplacement,
Arrête votre coup au développement,
Pour éviter ce fer qui s'oppose sans crainte,
Le coup, qu'il a paré, doit se changer en feinte.
L'ennemi, du succès se croit toujours certain,
Et cette ruse sert à tromper son dessein:
Pour tromper l'action, que sa main vous dénote,
Evitez de porter toujours la même botte.


## § 51.


En attaque, en parade, en dedans, au dehors,
Conservez, sans raideur, le bon maintien du corps.

Dans tous vos mouvements, que la règle vous guide ;
Ayez l'esprit présent et la pose solide:
Dans cet aplomb du corps, dans cette liberté,
L'âme a son action, l'œil sa vivacité.
Engagez bien le fer comme un fil dans la trame;
Maîtrisez, par le fort, le faible de la lame,
Et vous dominerez, par cette activité,
Votre ennemi surpris de votre autorité.
S'il presse votre fer, ou s'il change de place,
Du départ, aussitôt, faites-lui la menace :
N'étant pas averti de votre mouvement,
Il cherche, à tout hasard, le fer sans jugement.
Avant que votre coup au départ se décide,
A votre volonté que l'esprit seul préside.


## § 52.


En attaque, en défense, il pourrait arriver
Qu'une contraction vînt à vous éprouver.
Dans tout ce bruit du fer, produit de part et d'autre,
Faites attention où se fixe le vôtre;
Saisissez le moment où, le bras agité,
Ne saurait conserver toute sa sûreté:
Cet instant favorable, après tout ce tapage,
Quand on sait le saisir, donne un grand avantage.
Faites un coup quelconque, après l'engagement,
Vous êtes assuré de votre mouvement.

Si vous avez paré le fer d'un choc sévère,
Ripostez aussitôt que le pied pose à terre.
Mettez, dans le départ, la plus grande vigueur,
Et terminez le coup, toujours avec douceur.
Mais si vous préférez, pour rendre la riposte,
Le laisser relever et reprendre son poste,
Suivez-le du regard; avant que sur le sol
Son pied vienne toucher, il faut le prendre au vol.
Du corps, en ce moment, la vigueur est perdue,
Profitez donc du jour qui s'offre à votre vue.

Si, sur votre départ, il fait quelques efforts
Pour faire, coup pour coup, en retirant le corps,
Pour lui ravir encor cette triste ressource,
Arrêtez son épée au milieu de sa course.

Si, sur le même coup, il ne recule pas,
Du pied gauche aussitôt relevez-vous d'un pas;
Portez alors le pied à la cheville droite,
Afin que le talon contre l'autre s'emboîte;
Et, sans vous arrêter, suivez votre dessein :
Le coup que vous portez devient presque certain.
Mais, en vous relevant, maîtrisez son épée,
Pour qu'elle ne soit pas, sur vous, développée.
Et, s'il change le fer, de suite tirez droit,
Ou faites la reprise en un coup quel qu'il soit.

## § 53.

Méfiez-vous toujours d'un tireur qui recule :
De l'attaque, parfois, ce n'est qu'une formule.

Voyez, avant d'oser un développement,
S'il vous cède par peur, ou volontairement.

  S'il fuit, en reculant, poursuivez-le sans crainte,
Gardez-vous, en marchant, de faire aucune feinte.
A tous ses mouvements, soyez prêt à partir,
Pour saisir le moment du jour qu'il peut offrir.
En ordre, devant lui, conservez la distance.
Votre fer doit, toujours, être sur la défense,
Aussitôt que son corps annonce le repos,
Sur ce calme, prenez vivement l'à-propos.

  Avec intention, s'il se porte en arrière,
Emparez-vous du fer, fermez-lui la barrière.
A dessein, portez-vous sur lui rapidement,
Pour n'être pas surpris dans votre engagement.
Votre fer sur le sien doit prendre l'offensive,
En gardant, devant vous, toujours la défensive.
Cette position gêne tous ses ressorts;
Mais conservez toujours la pointe droite au corps.


## § 54.


  Deux parades, jamais, de la même nature
N'évitent qu'un seul coup; c'est une règle sûre;
Si, dans le premier choc, le fer est écarté,
Le vôtre aura, dès lors, paré le coup porté.
On ne saurait parer sans doute aucune feinte,
Dût le bouton courir tout autour de l'enceinte.

La parade n'a lieu qu'au développement,
En éloignant le fer par un seul mouvement.

## § 55.

Si, sans motif aucun, le fer de l'adversaire
Vient à frapper le vôtre en ligne circulaire,
Fatigué de ces chocs, faits sans nécessité,
Portez tout aussitôt votre fer de côté.
Le jour que vous offrez, dans cette circonstance,
L'oblige de partir ou d'offrir la défense.
Si, dans le jour offert, il n'ose pénétrer,
De ce retard craintif vous saurez profiter.
Partez, sans hésiter, par la feinte et la botte,
Et, qu'à la main, l'esprit serve alors de pilote.

## § 56.

Pour n'être pas soumis aux piéges de notre art,
Voyez si l'ennemi commence le départ.
Ne vous obligez pas à chercher son épée;
Attendez qu'elle soit sur vous développée:
C'est le plus sûr moyen de ne pas s'écarter,
Et d'atteindre le fer que l'on veut rencontrer.
S'il vous porte le coup, haut ou bas de la ligne,
Que le vôtre aille au lieu que sa botte désigne.
Surtout, n'opposez pas, c'est un point principal,
Sur le seul *menacé*, mais sur le coup final.

Que votre épée enfin ne suive pas la sienne ;
Attendez, devant vous, qu'elle-même revienne.
Ne vous effrayez pas sur chaque mouvement :
Son esprit et sa main marchent sans jugement.
Quand vous aurez paré l'attaque véritable,
A votre tour, pour lui, vous êtes redoutable.

Si son fer, en chemin, menace d'un coup bas,
De suite, partez droit, ou ne répondez pas.
Mais si c'est dans le haut qu'il présente la feinte,
Menacé de ce coup, n'ayez aucune crainte ;
Attendez, pour parer, que le coup soit final :
Les feintes sont, toujours, du départ le signal.
Votre opposition doit servir de parade,
Pour y bien réussir, évitez la saccade ;
Et, si vous éloignez le fer par la vigueur,
Toujours, en ripostant, mettez de la douceur.

## § 57.

Ne pressez jamais trop le fer de l'adversaire,
Si, du moins, vous voulez savoir ce qu'il veut faire.
Ce moyen vous suffit pour le faire partir,
Ou bien vous connaîtrez le jour qu'il peut offrir.
Sur votre pression s'il présente l'offense,
Partez, ou bien gardez devant lui la défense.
Si vous portez le coup pour le dégagement,
Menacez du coup droit avant le changement.

Vous obtiendrez du fer par cette simple amorce,
Toujours un des trois cas, soit de gré, soit de force.
   S'il se risque à parer, c'est à vous, dans l'instant,
De lui tromper le fer, toujours, en avançant.
   Si votre mouvement l'entraîne à l'offensive,
Vous devez aussitôt prendre la défensive.
Mais s'il ne répond pas à votre mouvement,
Sans crainte tirez droit dans le même moment ;
Conservez de la main la hauteur régulière,
Vous maîtrisez ainsi celle de l'adversaire.

## § 58.

Lorsque vous attaquez, si le tireur répond
Par le fer défensif, ou par crainte s'il rompt,
Redoublez vos efforts toujours avec prudence ;
Ne cessez d'attaquer jusqu'à ce que l'offense
Arrive sur son corps sans force ni raideur,
En opposant la main de toute sa hauteur.
De l'adversaire ainsi vous enchaînez l'épée,
Qui ne pourra sur vous être développée.

## § 59.

Ne commencez jamais un coup sans le finir ;
L'adversaire sur vous parfois pourrait partir,
Au moment où le fer vient reprendre sa place,
Et faire sur le vôtre en tirant une passe.

Il ne faut donc jamais involontairement
Chercher sur l'adversaire un oisif mouvement.
Cette précaution est très-avantageuse
Pour éviter le fer d'une main dangereuse.

## § 60.

S'il tourmente le fer, en tournant tour à tour,
Sans chercher le moyen de se frayer un jour,
Regardez s'il agit par aveugle habitude,
Ou si c'est à dessein qu'il prend cette attitude.
Opposez votre fer; alors son mouvement
Se trouve comprimé par votre engagement.
Vous pouvez le combattre aussi par la souplesse,
En cédant librement au poids de la rudesse.
Pour en tirer parti, mettez de la douceur;
Mais si vous attaquez, employez la vigueur.

## § 61.

Lorsque vous attaquez le corps de l'adversaire,
Et qu'il prend, pour parer, un mouvement contraire,
Profitez à l'instant d'un pareil embarras
Qui gêne son espoir et lui raidit le bras;
Partez tout aussitôt, mais que l'esprit vous guide.
Si votre *menacé* le trouble et l'intimide,
Poursuivez-le, toujours, impétueusement.
Ayez, dans le départ, beaucoup de jugement.

Quand vous vous écartez d'une extrême prudence,
Vous lui donnez le temps de reprendre l'offense ;
Et d'un moment d'erreur il pourrait profiter,
Si le fer devant lui venait à s'arrêter.
Vous ne devez donc pas quitter votre avantage,
Et quoique votre fer à chaque instant s'engage.
Dans ces chocs superflus dont vous faites les frais,
Ce sont là des efforts qu'on ne suspend jamais.
Dans tous vos coups portés, mettez de l'assurance,
En conservant toujours un moyen de défense.
S'il se jette sur vous avec emportement,
Terminez l'action par le couronnement.

## § 62.

En cherchant à parer le coup de l'adversaire,
Que vous preniez la ligne oblique ou circulaire,
Faites attention, si vous manquez le fer,
De ne pas attaquer ; il vous coûterait cher !
Il arrive souvent, lorsque le fer s'écarte,
Que l'on reçoit le coup ou de tierce ou de quarte.
Sur le départ d'un coup il serait imprudent,
Si l'on ne parait pas, de tirer à l'instant ;
Et vous ne devez pas, pour dernière ressource,
Frapper tardivement le fer après sa course,
C'est un principe sûr, que le fer du tireur
Egare, en l'entraînant, le bouton du pareur.

La faute est bien moins grave à poursuivre l'épée
La règle est qu'à propos, elle soit bien frappée.
Le fer qui vous attaque est toujours droit au corps,
Et menace toujours ou dedans ou dehors.

## § 63.

Voyez si le tireur marche par habitude,
De tous ses mouvements faites-vous une étude.
Regardez si son fer, dans son engagement,
Ne fait avec le pied qu'un même mouvement.
Si la main et le corps marchent sans assurance.
Profitez de l'instant, partez de confiance.
Mais, s'il marche, à dessein, d'un regard sûr et fier;
S'il oppose son fort en prenant votre fer,
Il faut, au pied-levé, serrer d'une mesure,
Agissez librement, l'action est plus sûre.
Par votre approche, alors, il se trouve interdit,
Et vous paralysez son corps et son esprit.

## § 64.

Si, sur votre départ, l'adversaire s'avance,
Votre fer, en chemin, doit garder la défense,
Mais vous devez, de plus, sans perdre un seul instant,
L'étonner par un coup porté subitement.
Observez avec soin si votre antagoniste,
De son fer offensif sur le vôtre résiste.

S'il attaque, parez avec calme, sans peur,
Et ripostez de suite, et toujours sans raideur.

S'il se jette sur vous, sans ordre ni mesure,
Ce mouvement brutal étant contre nature,
Ne rompez pas, surtout, soyez fier devant lui ;
Cette position vous servira d'appui.
Gardez votre sang-froid, conservez l'offensive,
Ayez, dans l'action, la main toujours active.

Mais, s'il se fend sur vous, dans le même moment
Où vous faites sur lui le développement,
Ne perdez pas de temps, et sur son entreprise,
Faites-lui, s'il le faut, une double reprise.

Par ces coups imprévus, vous empêchez alors
Qu'il ne vienne, sur vous, faire le corps à corps ;
Vous déjouez par-là de son fer la rudesse,
Sa main perd à la fois la vigueur, la souplesse.
Sans peine vous pouvez, dans ce rapprochement,
Lui porter la seconde ou le couronnement.

## § 65.

Vous ne devez jamais hasarder une botte
Si la main, devant vous, à tout instant pivote.
Attendez son repos ; saisissez le moment
Où le fer, bien ou mal, fera l'engagement.
Observez avec soin la main de l'adversaire,
Et vous saurez bientôt la botte qu'il veut faire.
Qu'il prenne le dessus ou tire dans le bas,
Ayez la main, l'œil vifs, mais ne vous pressez pas.

C'est à vous de saisir, par votre vigilance,
Ce qu'il faut opposer aux desseins de l'offense.
Son fer donne toujours, par sa position,
Un moyen assuré de guider l'action.
Votre calme profond, au simple le ramène,
Et son coup naturel se pare ainsi sans peine.

## § 66.

Si vous sentez son fer, dans chaque mouvement,
Sur le vôtre frapper un peu trop brusquement,
Levez votre bouton, que le sien, dans le vide,
N'ait pas d'autre moyen pour rencontrer un guide,
Que de se replacer devant vous en repos;
Dans ce même moment saisissez l'à-propos.
Dès qu'il s'arrête, après cette inutile course,
Un départ imprévu le laisse sans ressource ;
Il ne peut attaquer, malgré sa volonté,
Ni même vous parer avec subtilité;
Et si vous profitez du moment favorable,
Interdit devant vous, il n'est plus redoutable.

## § 67.

Dans sa crainte, s'il croit qu'un simple changement
Est un coup décisif par le dégagement,
Et que ce mouvement produit par négligence
Le porte, épouvanté, pour chercher la défense,

En retirant la main mettez la pointe en l'air,
Que son fer, près de vous, passe comme l'éclair.
  Si votre intention, autrement méditée,
Consistait à laisser votre arme à sa portée,
Vous observerez bien qu'il faut, dans le départ,
Que jamais la vigueur ne se trouve en retard.
Mais, avant, attendez qu'il revienne à l'épée;
Et lorsqu'avec adresse elle sera trompée,
De suite tirez droit avec sécurité,
Ou bien un autre coup à votre volonté.


## § 68.


  Pour éviter le coup porté par l'adversaire,
N'employez pas toujours la ligne circulaire.
Si vous voulez bannir toute difficulté,
Attendez, pour parer, que le coup soit porté.
Prenez dans l'action, toujours de préférence,
Quand vous parez le coup, le simple pour défense :
La parade facile est l'opposition;
Mais il faut lui donner très-peu de pression.
Cette position, en tierce comme en quarte,
Empêche que la main devant vous ne s'écarte.


## § 69.


Si de votre ennemi la ruse vient offrir
Son corps à découvert, pour vous faire partir,

Recueillez, dans ce cas, toute votre prudence
Pour déjouer le fer qui prendra la défense.
D'un piége à votre tour, préparez le moyen;
Partez, mais sans toucher, pour mieux tromper le sien.
Ce départ, qu'il attend, lui donne peu de crainte;
Il n'a pas pu prévoir cette sorte de feinte.
Par ce départ hardi, son fer, dans le moment,
Vient frapper votre fer par un sec battement;
Mais vous, qui vous trouvez hors de toute méprise,
Vers un succès certain, marchez par la reprise.
Votre coup médité sans peine réussit,
Et le trompeur trompé, reste tout interdit.

## § 70.

Voulez-vous éviter une peine infinie?
Ne commencez jamais de lutte irréfléchie :
Il faut avoir grand soin d'observer les défauts
Que montre le tireur dans le cours des assauts.
Presque chaque tireur possède une habitude
Qui, de son action, est toujours le prélude.
En Escrime surtout, le talent, le savoir,
Avant celui d'agir, exigent l'art de voir.
Dans un geste, un regard que l'esprit abandonne,
L'adversaire imprudent vous livre sa personne,
Sachez donc observer; vous aurez l'ascendant
Qui seul peut assurer un succès éclatant,
Si l'adversaire fait de l'œil le moindre signe,
Partez rapidement, mais sans changer de ligne

Ce signe est un oubli, c'est une inaction;
Surprenez le sommeil de son attention;
Et votre mouvement, que conduit la vitesse,
Étonne son esprit et raidit sa souplesse.

## § 71.

Avant votre départ, observez si la main
S'écarte sans raison ou si c'est à dessein.
Par mégarde une ligne à vos coups s'ouvre-t-elle?
Employez librement la botte qu'elle appelle;
Mais si c'est à dessein qu'on reste à découvert,
Pénétrez, plus actif, où le jour est offert.
Cette attitude où règne un excès d'assurance
Rend souvent le pareur trop lent à la défense.
Alors, sans hésiter, par élévation,
Tirez, mais conservez votre opposition.
Ce cas est important, et vous mettrez en note
Qu'il faut trouver des six, la véritable botte;
C'est à vous de savoir laquelle il faut saisir,
Afin que votre coup puisse bien réussir.
Employez dans l'attaque une adresse furtive;
Prévenez du trompeur la vitesse tardive,
Et de tous vos moyens, profitez du départ:
Vous aurez fait briller le triomphe de l'art.

# OBSERVATIONS GÉNÉRALES.

### DIFFÉRENCE DE TAILLE.

Si l'on observe l'art avec intelligence,
On voit qu'il ne fait point d'injuste préférence.
N'enviez pas la taille ou la force du corps :
L'esprit peut agrandir les plus faibles ressorts.
Le moral a soumis la force, la rudesse,
Et l'à-propos lui-même a vaincu la vitesse.
Si le grand a pour lui le développement,
Le petit a la ruse en chaque mouvement.
Ainsi, pour obtenir un puissant avantage,
Il faut que votre esprit vous ouvre le passage.
On voit toujours le grand, dans l'exécution,
Confier le succès à son extension.
De telles facultés le portent à l'offense ;
Son fer est interdit pour prendre la défense.
Le petit doit alors, sans mettre du retard,
Être prêt à saisir le grand sur son départ.
Qu'il sache le tenir toujours hors de distance,
Pour marcher aussitôt que son pied droit s'avance.

Dans le moment précis, il doit, subitement,
Serrer d'une mesure au premier mouvement.
Le petit, sur le grand, doit employer sans cesse,
A chaque mouvement, l'à-propos, la vitesse;
Son corps se trouve alors par le fer assuré;
Il rend bien la riposte après avoir paré.

Il doit, en attaquant, s'emparer de l'épée
Pour qu'elle ne soit pas sur lui développée.
Pour ne rien hasarder, il devrait faire alors
Un double engagement en dedans, en dehors.
Le fer tout aussitôt, dans sa marche sévère,
Enchaîne, sans effort, celui de l'adversaire.
Sur cette pression, il faut, subitement,
Détacher le coup droit ou le couronnement.
Si du fer vous voyez que la pointe vous sonde,
Faites le dégagé, le coupé, la seconde.
Cette position le tient dans l'embarras;
L'adversaire n'en sort qu'en retirant le bras.

Le petit doit toujours suivre son entreprise,
Continuer l'attaque et faire la reprise.
Le grand se trouve alors, par ce vif serrement,
Privé des facultés du développement.
Ce prompt saisissement enchaîne sa vitesse,
Le corps perd son aplomb et l'esprit sa prestesse.

Cette raison suffit pour voir, en général,
Que du grand, le petit sait se montrer l'égal.
On peut donc avancer cette utile sentence:
L'art, entre les mortels, détruit la différence.

### DU GAUCHER.

La crainte qu'on se fait de ne pouvoir toucher,
Est une illusion que produit le gaucher :
On perd la confiance ainsi que la vitesse ;
Le corps n'a plus d'aplomb, le bras plus de souplesse.
Ce jeu tant redouté, ne m'a, dans aucun cas,
Présenté, je l'avoue, un pareil embarras.
Il offre, du droitier, en toute circonstance,
Tous les moyens d'attaque, ainsi que de défense ;
Il nous présente aussi le dehors, le dedans,
Et le haut et le bas, que l'on prend en tous sens.
  De la crainte étouffez le germe qui vous gêne,
Vous obtiendrez alors contre lui moins de peine ;
Pour vaincre sans danger et sans difficulté,
Employez la finesse avec habileté ;
Privez-vous de tirer dans le bas de la ligne,
Si vous ne menacez les yeux par quelque signe.
Quand vous portez le coup, faites attention
Que la tierce dedans est sa position.
C'est avec le droitier la seule différence.
Observez avec soin ce moyen de défense.
Si vous le négligez, au développement,
Vous pouvez éprouver un sec désarmement.
Mais si pour le dedans vous avez la main tierce,
Il faut, pour le dehors, qu'elle soit à l'inverse.
Si vous tirez dessous, en ligne du dehors,
Laissez la main de quarte, en arrivant au corps ;

Le bouton, sous son bras, se place avec aisance,
Et vous n'éprouvez plus aucune résistance;
Ou, si c'est dans le haut qu'a lieu l'engagement,
Faites votre coupé par le couronnement.

### LE FERRAILLEMENT.

On est tout étonné, lorsque les deux épées
Se trouvent en chemin l'une et l'autre frappées;
On l'éprouve souvent, lorsque dans le départ,
Comme dans la parade, on agit au hasard;
On cherche sans calcul à frapper l'adversaire,
On est surpris du choc oblique ou circulaire;
On n'a pour tout moyen, pour toute habileté,
Que la force du bras et la brutalité;
L'on parcourt sans raison la ligne horizontale,
Tandis que l'autre suit la ligne verticale.
On les voit tous les deux chercher à s'éviter,
Et les deux fers partout viennent à se heurter.
L'un tire sans penser, l'autre pare de même;
Ils semblent haletants, sous le poids du ciel même!....
De tout cet embarras, surgit l'emportement,
Qui prouve des tireurs le peu de jugement.
Ces rivaux, éloignant tout désir de parade,
Pour attaque, cherchant à faire une bourrade,
S'élancent, furieux, aveugles, menaçants,
Et du fer font jaillir des feux étincelants.
Non contents de ces chocs produits contre nature,
Ils font ployer le fer jusques sur la monture,

Et le fer se courbant sous la force du bras,
En effrayant cerceau, siffle et vole en éclats!
A l'instant, le tronçon, par la main téméraire,
De nouveau vient frapper le corps de l'adversaire.
De ce coup peu loyal, tiré si brusquement,
L'adversaire indigné, dans son égarement,
Affronte le péril, et la tête baissée,
S'élance, furieux, perdant toute pensée,
Pousse à tort à travers, de son bras raccourci,
Entretient le combat, le termine *à merci*.

Mais, si le coup porté n'est pas assez sévère,
Et qu'il soit envoyé par une main légère,
Le coup n'est pas reçu; vous comprendrez dès-lors
Qu'il faut pour bien tirer qu'on traverse le corps!...

Jugez, par ce détail, ce que devient l'Escrime,
Et si l'on reconnaît notre art sage et sublime!
Ce genre de tirer avec acharnement
Nous entraîne toujours dans le ferraillement.

Reportons-nous au temps du célèbre Saint-George,
Personne ne tentait de se prendre à la gorge;
On tirait franchement, et, toujours en l'assaut,
On évitait le bas pour tirer dans le haut;
On ne tentait jamais d'arriver côte à côte,
Pour disputer un coup, pour nier une botte;
Dans l'action, toujours, gardant l'air noble et fier,
Et connaissant le fort et le faible du fer,
Le maître, recouvert d'une mise modeste,
Savait se présenter, pas n'avait une veste,

Pour éviter un coup au milieu d'un tournoi,
Où le rival aurait touché de bon aloi;
Toujours le coup porté se fixait avec grâce,
Et le corps, pour parer, ne changeait pas de place.

    Autre temps, autres mœurs; nos tireurs, aujourd'hui,
Prennent de pied en cap, pour leur servir d'appui,
Le masque, le plastron, le cuissard et le ceste (1),
Lecteurs, dispensez-moi de prononcer le reste (2).

### FACULTÉS QU'ON DOIT RÉUNIR.

    Dans l'exécution, l'esprit doit nous conduire,
Et le corps doit toujours céder à son empire.
Soit que vous employez la force, la vigueur,
Soit que vous préfériez le liant, la douceur,
Ce n'est là qu'un talent de nature ordinaire,
Et des moyens de l'art une part secondaire.
Vous avez, pour parer, et pour le coup porté,
Deux éléments distincts de la vivacité:
Réunissez-les donc par votre intelligence,
Pour avoir de cet art la suprême puissance;

----

(1) Gantelet ou crispin que l'on met aux gants d'armes.

(2) Les parties nobles sont garanties par un plastron, et malgré cette précaution, par la manière de tirer d'aujourd'hui, les accidents sont très-fréquents et fort graves.

Liez étroitement et mettez à profit
Les facultés du corps et celles de l'esprit :
Car chacune contient plus ou moins de vitesse,
De sang-froid, d'à-propos, de douceur, de souplesse.
La vitesse d'esprit donne le jugement,
La vitesse du corps, le développement.
Si ces deux facultés ne sont pas réunies,
On éprouve, en tirant, des peines infinies.
Il faut que toutes deux unissent leurs ressorts,
Pour mettre en mouvement et l'esprit et le corps.
La vigueur du dernier sera toujours brutale,
Si l'esprit ne prend part à la force animale.
Pour mettre dans son jour leur double fonction,
L'esprit seul doit donner la vie à l'action ;
Ce point si difficile, ainsi doit se résoudre,
Partir comme l'éclair, frapper comme la foudre.

## DE LA RÉPUTATION.

Dans un art, quel qu'il soit, on doit mettre à profit,
Sous peine d'échouer, les forces de l'esprit.
Pour vous prouver combien cet art est difficile,
Eût-on, dans l'action, la main la plus subtile,
Et dût-on réunir la grâce, la vigueur,
Apprenez qu'on n'est pas habile professeur.
Pour connaître le vrai, le noble de l'Escrime,
Pour devenir un maître et mériter l'estime,

C'est trop peu que d'un coup plus ou moins bien porté,
Ou même d'un succès dans l'assaut remporté ;
Il faut dans vos moyens une exacte balance,
Pour que l'offense soit égale à la défense.
Ainsi, pour convoiter ce grand titre d'honneur,
Soyez exécutant et bon démonstrateur.
Si vous réunissez l'un et l'autre mérite,
Vous obtiendrez le prix que chacun sollicite.
La réputation ne s'obtient pas toujours ;
Il faut, pour l'emporter, n'avoir d'autre secours
Qu'un talent éprouvé, conduit par le génie,
Qui, de nos facultés fait briller l'harmonie.
Mais si l'on n'obtient pas ce point fondamental,
Le physique, souvent, arrête le moral.
Si, sans combinaison, et d'estoc et de taille,
Votre corps seul agit sans que l'esprit travaille,
N'espérez pas monter à la hauteur d'un art
Où nul ne peut atteindre à l'aide du hasard.

## CONCLUSION.

O vous, qui vous croyez les savants de l'Escrime,
Et pensez posséder son mystère sublime,
Ah! cessez de prétendre à ce divin savoir;
Rejetez comme moi, loin de vous, cet espoir.
Vous avez beau chercher, par la ruse et l'adresse,
Vous n'obtiendrez jamais de cet art la richesse;
Son domaine est trop grand pour le connaître à fond;
Le physique s'y perd et l'esprit s'y confond;
Et vouloir posséder cette haute puissance,
Est un effort trop grand pour notre intelligence!

FIN.

# TABLE DES MATIÈRES.

**FIN DE LA TABLE.**

# ERRATA.

Page 58, quinzième vers : cou, *lisez* coup.